桜井真琴

ある日、お母さんが美少女に

実業之日本社

実業之日本社文庫

目次

第一章　ママへの指いたずら　5
第二章　美少女ママへの欲情　56
第三章　おばさんの手ほどきで　93
第四章　お嬢様の手コキと嫉妬　145
第五章　ママと僕の幸せな日々　198

第一章　ママへの指いたずら

1

「何見てるのよ。どうしたの？」

裕司《ゆうじ》が朝起きてリビングに行くと、可愛《かわい》くてキュートな美少女が家の中で料理をしていた。

「いや……あの……」

なんと言っていいかわからずに口ごもっていると、彼女はキッチンのカウンター窓から怪訝《けげん》そうな顔をして、こちらを見つめ返してくる。

「へんな顔して。顔洗ってないでしょ。すぐご飯にするから」

美少女はそう言うと、手際よくコンロの火をつけて、フライパンを手に取った。

(誰だ、いったい?)

知り合いにこんな子がいたか?

親戚の中にもいないぞ。

星川《ほしかわ》裕司は二十歳の大学生。

父親を幼い頃に病気で亡くしてからは、父親が残した一戸建てに母親とふたりきりで住んでいる。母親である綾乃《あやの》は家事代行の仕事をしていて、女手一つで裕司を育てた。

母は実家と仲が悪くほぼ絶縁状態だが、母に姉がいることだけは訊いている。いとことかいないの、と訊いたときは、なぜか鬼のように冷たい顔をされて「いない」とはっきり言われた。

だから、彼女も親戚ではないと思うのだが……。

しかし一応、訊《き》いてみた。

「もしかして、僕の従妹《いとこ》かなにか?」

「は?」

ピンクのパジャマ姿のその美少女は細い眉を吊《つ》り上げ、

「何を言っているのよ?」

と、つっけんどんな感じで返してくる。

裕司は呆然《ぼうぜん》と美少女を見つめる。

自分と同い年の二十歳くらいか、いやもう少し下くらいだろうか。

裕司のイチオシアイドル、松井亜紀《まついあき》ことアッキーに似ているが、彼女よりも大人びた雰囲気だ。清楚《せいそ》な装いがありながらも、上目遣いに見つめたりしてきて、仕草がドキドキするほど色っぽい。

はっきりいって裕司のタイプだった。

いや、タイプなんてもんじゃない。

どストライクだ。

「ねえ、裕くん、大丈夫?　顔が赤いわよ。熱でもあるんじゃないの?」

その彼女が、眼を細めて心配そうな顔をした。

(ゆ・う・く・ん?　今、名前を呼んだよな……?)

裕司はドキドキしながら口を開く。

「あの……僕のことをご存じで?」

言うと美少女は呆《あき》れたようにため息をついて、

「ホントに調子悪そうね。そこに体温計あるから、ちょっと熱を計ってみたら？　あ、朝ごはんはいらなかったら、そう言ってね」

その言葉遣いに、裕司はハッとする。

（いや、まさか……いや、でも……）

裕司はもう一度美少女の顔をじっと見つめる。

肩ぐらいまでのミディアムヘアは漆黒で、絹のようにきらめき、ふわっと柔らかに揺れている。

綺麗《きれい》に切り揃《そろ》えられた前髪に、黒目がちで大きな丸い目。すっきりとした鼻筋に小さくて可愛らしい唇。

長い睫毛《まつげ》を伏せると、どこかお嬢様めいた雰囲気もあり、その時折見せる愁いを帯びた表情が、幼いのに、大人びた色香を感じさせる。

小柄で全体的には華奢《きゃしゃ》なのだが、パジャマの胸元を押し上げる丸みは、かなりの大きさで、襟元からチラッとキャミソールらしき白いアンダーが見えてしまっているほどだ。

「母さん？　……いや、ママ」

パニックになりながら、裕司は母の名を呼んだ。

いつもはママと呼べと言われて「面倒だな」と反抗していたが、それどころではなかった。

「あら、今朝はちゃんとママと言えるじゃないの。偉いぞ」

美少女は上機嫌になって、フライパンのオムレツを手早くひっくり返した。

その拍子にパジャマの胸がぷるんと揺れた。小柄で華奢なのに、おっぱいだけが大きいから存在感がすさまじい。

いや待て！　欲情している場合じゃないぞ。

一旦その考えが頭に思い浮かぶと、口調もそうだし、顔のあげかたも不審そうに見つめる目つきもオムレツの作り方も……すべてが母親に見えてくる。

（う、嘘《うそ》だろ……これがママ、ほ、ほんもの？）

裕司は二階に急いで上がって、母親の寝室のドアを開けた。

ベッドはもぬけの殻で、誰かが、たったいま起きたといわんばかりに毛布が乱れていた。

頭がぼうっとしている。とりあえず頭を掻《か》きむしってみた。

いや、別に掻きむしりたくなかったのだが、そうした方が何かを思い出すのではないかというポーズだった。

四十二歳の母親に一体なにがあった？　それとも自分か？　はたまたこれは夢なのか？


「ただいま」

昨日は、大学から帰ると、母が先に帰っていた。

普段は夜遅くまで仕事しているから、珍しいなと思ったのだ。

「おかえりー」

エプロン姿の母、綾乃が、パタパタとスリッパを鳴らして出迎えてきた。裕司は靴を脱ぎ捨てたまま、ギョッとした。

「な、なにそのエプロン」

母が着ていたのは、大きなフリルのついた、メイドカフェでよく見る白いフリフリのエプロンである。

「いいでしょう？　買ったの。メイドさんっぽくない？」

玄関先ではにかんだ綾乃は、くるりと一回転する。

ふわっと持ち上がったセミロングの艶々した黒髪、ぱっちりとした大きな目が特徴的な愛らしい童顔。実の息子から見ても母は四十二歳には見えず、若々しいからか、意外にもフリフリの白いエプロンが似合っていた。

実を言うと、裕司がドキッとしたのはエプロンのことではない。

母の艶《なま》めかしい白い太ももが、半分くらいエプロンの裾から見えていて、一瞬、なにも穿《は》いていないのではないかと思ったからだった。

しかし後ろを向いたら短めのスカートを穿いていたので、裕司は安堵《あんど》した。

「エプロンもだけど、スカート短すぎだよ。四十過ぎのくせに」

裕司が皮肉っぽく言うと、

「別にいいじゃないの。外に行くわけじゃないんだし」

と年甲斐《としがい》もなく、母がぷうっとむくれる。

その表情が妙に可愛らしくて、裕司は心がざわついた。

（は、母親だぞ……）

そう思うのに、視線は自然とエプロンから伸びる太ももに注がれてしまう。

ムチッとして柔らかそうな、女を感じさせる太ももだった。

スカートやジーンズを穿いたときはすらりとして細く見えるのだが、こうやって見ると、ムッチリと太ももが充実しているのがわかる。

そうしてそこから張り出す、スカートを押し上げる巨尻も魅惑的だ。

「なんでそんなエプロン買ったわけ?」

リビングに行きながら、裕司は何食わぬ顔で母に訊《き》く。母はにっこり笑って、

「可愛いからに決まっているでしょう。それと、母さん、じゃなくてママと呼んでと言ったでしょう。そう呼んでもらえると、なんかいつまでも若い感じがするのよね」

裕司はげんなりした。

母ひとり子ひとりで、前から子離れできない母親だと思っていたが、最近、とみにべったりしてくる。

「子供じゃないんだから。それに僕はママなんて呼んだこと……」

「あるわよ、覚えてないの? 小学校の三年生くらいまで、ママ、ママって」

「そうだっけ?」

「そうよ。懐かしいわ。怖がりで、トイレにもひとりでいけなくて」

朧気《おぼろげ》ながら覚えている。裕司はまたため息をついた。

「はいはい。わかったよ……ママ、今日のご飯は?」

「そうそう。そんな感じ。今日はオムライスよ。そのまえにお風呂入りなさいね」

母が微笑《ほほえ》む。するとぱっちりとしたアーモンドアイが細められて、愛らしい美貌が、余計に柔らかくなる。

「じゃあママ、先に入っててよ」

軽い冗談を言ったつもりだった。ところが、

「え？　いいの？　一緒に入っても」

綾乃が真顔で返してくるので、裕司は笑えなくなってしまった。

「冗談に決まってるだろ。気持ち悪いな」

裕司は顔が熱くなるのを感じて、足早に母親の脇を通り過ぎた。

通り過ぎるとき、噎《む》せるような女の肌の匂いが鼻先をくすぐってきた。

母であっても四十二歳の美しい未亡人である。まだ枯れるには早い、女盛りである。

それに性格なのか、だらしないところを一切息子に見せないのだから、妙な気分になるのも無理はないと裕司は思う。

母のことを女として意識し始めたのは高校生の時だった。

授業参観で母親が来たときに、クラスのちょっとした話題になった。

「星川んちのかあさん、すげえ若くて美人じゃねえ？」

「なあ、一緒にいてムラムラしないのかよ」

「一緒に風呂入ってたの、いくつまでだった？」

クラスの男子たちが色めき立ったおかげで、裕司はそれまでの、もやもやした気持ちがなんなのかはっきりわかってしまった。

ほのかな恋心ではなく、はっきりした欲情だ。

母を女に見てしまっている、自分がいると。

その気持ちは大学に入った今も変わりない。経済的な負担はかけられないと言いつつも、本当は母と離れるのが嫌で、ふたり暮らしの生活を続けていたのだった。

二階の自室に入り、テレビのレコーダーをつけた。

アッキーの出演する番組を録画しておいたのだ。早送りして見ていると、アッキーが何かクイズで間違えたらしく、罰ゲームを受けているシーンになった。

「や、やめてよ、ああんっ、いやっ、いやっ……」

あのアッキーがスタッフたちにくすぐられて悶《もだ》えているのを見て、裕司はズボンとパンツを下ろして椅子に座った。

「やめてったら……ああ……ああんっ、いやあああ」

アッキーが甘い声を出して、身悶えしている。股間のモノが一気にいきり勃《た》つ。

裕司はそのカチカチになった分身を握りしめる。

すでに先走りの興奮汁が先端からあふれ出ている。ぬめった汁は勃起を伝いこぼれて裕司の指を濡《ぬ》らした。

そのとき、アッキーの顔に先ほどのエプロン姿の母の顔が重なった。

《ああん、やめて、裕くん》

脳内で悶えているのは母親の姿だった。

アッキーより巨大なおっぱいが、エプロン越しにゆっさゆっさと揺れている。

モニターを見つめながら、裕司の息はハアハアと荒くなっていた、

《もうやめなさい、裕くんったら……いやっ》

押さえつけられて、くすぐられ、悶絶《もんぜつ》しているアッキーが、脳内では息子にのしかかられている母親に変わっていた。

「か、母さん……ママ」

裕司は小声で連呼しながら、右手の動きを加速させる。

いけないと思いつつも、母親を組み敷きながら尿道が熱くなっていく。椅子に座ったまま、テレビ台の上のティッシュを無造作に何枚も抜き取り、ペニスの先

端に被《かぶ》せた。

母親を襲うシチュエーションに興奮した裕司は、さらに手コキを速くさせる。根元から先端へと、激しく指を滑らせる。

「おおう……っ、くっ……」

そのとき、突然ふわりとした高揚が背筋を駆け上がった。

童貞だから、セックスの気持ちよさはまだわからない。

それでも母親の中に突き入れて「あっ、あっ」と感じている声と表情を想像して、脚が震えて腰が突っ張った。

(くううう……ああ、だめなのに……いけないのに……ママ)

間を置かずに先端から、ドクッと熱い精液が噴き出した。白濁液がティッシュから染みだして、部屋の床にボタンと落ちる。

母を汚したという禁忌の興奮に包まれつつも、自分はおかしいと自己嫌悪した。

(最低だ、僕……)

――そうだ、昨晩のあのとき……。

せめて母がもっと若かったら、彼女と恋ができたのに……なんてアホなことを考えていたのだが……。

2

「二十歳くらいのときかしらねえ。うん、おそらく二十歳ぐらいみたいね。裕くんが生まれる前のママよね……わあ、全然違う、ほら、肌がぷるんぷるんしてる」

鏡台の前に座った母の綾乃は、裕司に向かって頬を突き出してきた。

裕司はそのとき、ハッとした。

（あれ？　自分しかいなかったはずなのに、母はいつ来たのだろう）

裕司はぶんぶんと頭を振った。なぜか頭の中にもやがかかっている。

なんだかずっと夢を見ていて、ようやく醒めた感じだ。

しかし、もうこれは夢でも妄想でもない。

何度も頬をつねったし、何度もこの美少女に話を聞いた。

結論から言うと、仮装でも仮想でもなんでもなく、どうやら母親は一晩で自分の年齢と同じくらい若返ったらしい。

「ねえねえ、ほら、触ってみてよ。ほっぺ」

そう言って、母である美少女は裕司に近づいてくる。

母の寝室のベッドに座った裕司は、先ほどからずっとドギマギがとまらないでいる。

というのも、彼女が身を乗り出してきたときに、淡いピンク色のパジャマの襟元が緩み、肌色の乳房のふくらみと深い谷間がのぞけてしまったからだった。

（で、でかい……）

母の乳房の大きな丸みを意識したことは何度もあるが、ここまで興奮したことはない。というか……今、目の前の相手は裕司好みの美少女なのだから、母と言われようが、欲情してしまうのは仕方ないようにも思える。

裕司は唾を呑《の》み込みながら、母らしき美少女のほっぺたを、震える人差し指で突いてみる。

（や、柔らかい……）

ぷるん、と瑞々《みずみず》しい肌の弾力を指先に感じるのだが、四十二歳の母親の肌の感触など覚えていないから比較などしようもない。

とはいえ、若い女の肌だということくらいはわかる。

「ね？　ぷるんぷるんでしょう」

美少女が愛らしく破顔する。

裕司は顔が熱くなるのを感じて、思わず目を逸《そ》らした。

「ぷるんぷるんはいいけど、もうちょっと驚いてよ。信じられないよ、これがママなんて……可愛いのはわかったから」

と言って、裕司はハッとなった。若くて愛らしい姿をした母親が、ニヤリと笑って上目遣いに見つめてくる。というか声も若い。アニメのような舌足らずな声だ。

「今、私のこと、可愛いって言ったわね、裕くん」

「言ってないよ」

「言ったわよ」

「いや……だ、だって……まあ、昔は美人だったんでしょ？　母さんって」

言うと若返った母はムッとした顔をして、

「なによ、昔って。今でも美人でしょう？　でも、ホントに私、どうしちゃったんだろう。こんな病気聞いたことないし」

「病気？」

裕司は驚いて訊き返した。

彼女は急に真顔になって、裕司を見つめた。

「だってそうでしょう。突然、二十歳以上も若返っちゃったんだもの。わからないけど、それしか考えられない。あとは、誰かの呪いとかかしらね」

黙って聞いていた裕司は、冷ややかな目で若返った母を見つめた。

「よくこんなときに冗談言えるね」

「あのね、それくらい言ってないと気が滅入《めい》りそうなの。まあ、でも若くなったこと以外に、身体《からだ》に変化はなさそうだけど……」

母がたしかめるように、パジャマの上から自分のヒップや腰つきや、はては大きな乳房を揉《も》んでいる。

全体的に華奢で、まさに女の子という体つきだった。

腰が折れそうなほどくびれていて、お尻は小気味よくキュッと盛り上がっているのが、パジャマの上からでもはっきりわかる。

アラフォーのときも大きかったと思えたおっぱいは、今は釣り鐘型に飛び出ていて、張りのある美乳であることを伝えてくる。

「やだ……裕くん、赤くなって見てる。ママの若い頃の身体に、ちょっと反応しちゃった？」

からかうように笑いながら、彼女が近づいてくる。

くりっとしたアイドルのような大きな目を細め、その美貌で裕司を見つめてくる。黒目がちな瞳がきらきらとして、清らかに澄み切っている。

シワなんかまったくない、つるんとした白い肌、長い睫毛に小さな鼻とサクランボを思わせる赤く色づく肉厚な唇。

美人というよりもひたすらキュートだった。しかも可憐《かれん》さの中に、清潔な色香を漂わせている。

裕司は甘い匂いにくらくらしながらも、

「し、しないよ……若くなったって、母さんは母さんだから……」

強がって視線を逸らす。だが本当は女として意識しまくりだった。

「そうよね」

母は安堵したような顔で、ベッドに座っている裕司の前まで来て、立ったままギュッと裕司を抱きしめた。

（おお……えっ……？　えええ……！）

ふわっとした柑橘《かんきつ》系の甘酸っぱい匂いが鼻孔を満たす。

さらにパジャマ越しの母の豊かな乳房の弾力を感じた。ちょうど頭が母の胸の位置にあったものだから、大きなふくらみの谷間に顔が埋もれ、左右から柔らかく、沈み込むような感触のおっぱいが押しつけられた。

（うわあ……これがおっぱいの感触なんだ……）

裕司が初めて味わう女体は、まさか若返った母親のものだとは思わなかった。

「大丈夫。きっと元に戻るから。まあ、戻らなくてもなんとかなるわよ」

若い母は裕司を抱きしめながらポジティブなことを言った。

（元に戻らないなんてことあるのか？　母さんがこんなに若いままで……アイドルみたいなままで……）

裕司はハッとして、大きくなった股間を母に悟られぬように手で隠した。

彼女は気づいていないのだ。

実の息子が、いま、若返ってしまった母の身体に激しく欲情していることを……。

（だめだ……こんな姿でも、母親なんだぞ……）

禁忌の気持ちで理性を保とうとする反面、母を女として見ていることに気づかぬならば、気づかれないように触ってみたい、という暗く淫靡《いんび》な気持ちも湧きあがっていた。ふたつの相反する気持ちが、ぐるぐると裕司の中でまわっている。

「ママ……」

乳房のたわみにドキドキしながら、裕司は甘えるような声を絞り出した。

しかし綾乃は、その声を子供が母親を心配する声だと勘違いしたらしい。

「裕くん……」

母の優しく甘い声が耳に届く。そして若返った母は、さらに裕司の頭を胸に強く抱いて、後頭部から背中をポンポンと軽く叩《たた》いた。

たまらなくなって裕司も彼女の背中に手をまわし、ぎゅっと抱いた。

折れそうなほど華奢な女の子の腰つきと、さらに強く密着した乳房のふくらみを感じて、裕司は激しく欲情する。

気がつけば、そっと手を伸ばして美少女の胸のふくらみを、パジャマの上からぎゅっとつかんで揉みしだいていた。

「あんッ……」

美少女となった母の口から喘《あえ》ぎ声が漏れ、小さな細い顎がせりあがる。

（やばっ……）

ハッとした裕司は慌てて手を引っ込める。

同時に彼女もすっと身を引いて、裕司の顔から乳房を離した。

表情を見れば、裕司が乳房を揉んだことに怒っている風ではなく、感じたような声をあげたことに恥ずかしがっている様子だ。くりんとした大きな目の下を赤く染めている。

「ゆ、裕くん。とりあえず、朝ご飯を食べましょ。大学に行かないと……」

美貌にうっすらと笑みを浮かべながら、母の綾乃は寝室から出て、パタパタとスリッパの音をさせて階段を降りていった。

3

《あんッ……》

大学で講義を受けながらも、ずっと二十歳の母の喘ぎ声が頭から離れずに、裕司は悶々《もんもん》とした気持ちで過ごしていた。

教授の言葉が右から左にひたすら流れていく。

（ああ……僕はなんてこと……）

物心ついてから初めて触れたおっぱいの柔らかさに興奮し、気がついたら自然と手を伸ばして、揉みしだいてしまっていた。

恥ずかしい思いもあるが、だが、母があんな姿になってしまった以上、もうどうにも自制なんかできなかった。

揉んだときの指が沈み込むような柔らかさ、押し返してくるような弾力。間違いない、あれは感じたときの声だ。

母は息子の指で感じてしまったのだ。そう思うとまた、大学の講義中だというのに股間がジクジクと疼《うず》いてしまう。

（こんなんで、ホントに一緒に暮らせるのかな……）

漠然とした不安が、裕司の中に去来する。

いや、ホントはもっと現実的なことを考えなければならないのはわかっている。

経済面、生活面……。

いや、なによりもこれを公表すべきなのかどうか。

とまあこれを医者に言ったところで、眉をひそめられるのがオチだろう。「東スポ」か「ムー」あたりは取材にきてくれるかもしれないが、まともに取り扱ってくれるハズなんかない。

それに母のまわりの人間にどう言うか、だ。

祖父母には、孫がもうひとりできたというのか。友達には？　しかし、そんな一大事だというのに、最後に辿《たど》り着くのは母のおっぱいの感触である。

だめだ……自分はスケベすぎる……。

いまさら自制しても始まらないが、しかし、どうすればいいのか。このままじゃ理性を凌駕《りょうが》してしまいそうで……。

「なに、ぼうっとしてんだよ。ずいぶん久し振りだな」

裕司の隣に、いつの間にか透《とおる》が来ていた。

裕司は慌てて前屈《まえかが》みになっていた姿勢を正す。

片瀬《かたせ》透は数少ない裕司の大学での友達だった。

透は裕司と違って社交的な人間で友達も多い。それでも腐れ縁というべきか妙に馬が合った。

「べ、別に……なんでもないよ。というか、昨日も会ったのに、なんで久し振りなんだよ」

ふと窓の方を見ると、いつの間にか空が崩れて鈍色《にびいろ》になっていた。地鳴りのようなゴロゴロという雷鳴が、少しずつ近づいてくる。

「昨日なんか会ってないぞ。まあいいや。今さ、女のことを考えてたろう。まさか綾乃さんが再婚するとかじゃないだろうな」

透が母親のことを言ったので、裕司はドキッとした。

「しないよ。というか、当分はしないだろうなあ。あれじゃあ」

言うと、透はほっと安堵の息をつく。

裕司は軽くため息をつく。

こいつはウチの母親を「綾乃さん」と名前で呼ぶ。高校時代に家に遊びに来たときから、母親のことをいやらしい目で見つめてきたのだ。

性格は合うが、こと母親に関してだけ言うと、星川家にとっては要注意人物である。だからなるべく、家にこいつを呼ばないようにしている。

「そういえば、ずいぶん綾乃さんに逢《あ》ってないな。久しぶりに遊びに行ってもいいか？　綾乃さん元気？」

透がニヤニヤしながら言う。母親目当てと悪びれずに言うところが、こいつの本気度をうかがわせていて恐ろしくなる。

「元気じゃない」

「は？　どうしたんだよ、綾乃さん」

透が身を乗り出した。

「ちょっと今、具合を悪くして、田舎《いなか》のばあちゃん家《ち》にいる」

これは今朝、母と決めたことだった。

とにかく存在を隠さなければならないので、母は病気でいないことにした。

そして裕司の家のことをするために、従妹《いとこ》の「綾《あや》」が来ている、という設定に決めたのである。

「マジかよ……重病なのか？」と透。

「え？ ああ、いや、それほどでもない。病名……なんだったたっけな」

まずいな。そこまで詳しく話してなかった。

透がジロリと睨《にら》んでくる。

「なんで知らないんだよ。まあいいや。じゃあ見舞いに行かないとな。綾乃さんの実家って名古屋だったたっけ？」

透の言葉に裕司は慌てた。こいつは本気でお見舞いに行くヤツだ。

「いや、見舞いはまずいんだ。人にうつる病気だから」

透が首をかしげた。

「人にうつる？ おい、大丈夫なんか、綾乃さん」

「だ、大丈夫だよ」

冷や汗が出る。ちょっとまずかったかな、今のは。

「医者とか行ったんか？　いつ治るんだよ」

透が食い下がる。面倒になってきた。

「ええっと……どうだろう、半年とか一年くらい？」

「ええ！　やっぱり重病じゃないかよ」

透が大声を出して、教室中から睨まれた。

まずいな。面倒なことになってしまった。もともと隠しごとは苦手なタイプなのだ。

でもたしかに、母親はいつ治るんだろう。

そもそも本当に「治る」のか……？


大学の講義が終わる頃には、雷鳴が強まって雨が降ってきた。

裕司はいつも持ち歩いている折りたたみ傘を広げ、駅までの道を歩いていた。

（なんとか透を遠ざけたからよかったけど……）

このままだと、いろいろ調べそうな勢いである。もう少しカチッとした設定にしておけばよかったと思うが、時間もなかったのだから仕方ない。

雨足が強くなる中、駅のところに来ると、赤い傘を差した若い女が、男ふたりに言い寄られているのが見えた。

(母さ……ん?)

裕司は眉をひそめた。

見たこともない厚底ロングブーツに、超ミニのチェックのプリーツスカート、上は黒のぴったりしたニットだ。イマドキの女の子にはいない奇抜なファッションに裕司は度肝を抜かれる。

(なんだっけ、あの格好……このまえ、テレビでやってたよな)

ああ、アムラーだ。確か九〇年代のギャルが、みんなあんな格好をしていたと、古い映像が出てきて解説してたっけ?

どうやら母の若い格好というのはあれらしい。

(あれは目立つな……)

まあそれでも綺麗なのだから、ナンパされているのだろう。裕司は早足で母の綾乃の元に向かう。

「もう。いい加減になさい、あなたたち。大学生かしら。女性がいやがっているのがわからないの？」

母は男ふたりに対峙《たいじ》しても、堂々としたものだった。

アイドルばりの美少女の容姿でも、中身は四十二歳の熟女なのだから、母にとってはただのガキだ。

大人が子供をしかるときみたいな口調になっている。

が、その態度が男たちを逆撫《さかな》でしたようだ。

「なんだよ、その言い方」

「ちょっと顔がいいからって調子のってんなよ。どっかの田舎から出てきたばっかなんだろ。お兄さんたちが東京を案内してやるってのに」

裕司は男たちの威圧的な態度を見て一瞬たじろいだが、母を欲望の対象と見ていることにカアッと脳が灼《や》けた。

「ママ……じゃなかった、綾っ！」

声をかけると、男たちがチッと舌打ちして、顔を見合わせてから駅の方と反対側に遠ざかっていく。裕司は胸をなで下ろす。

「大丈夫？　あ、綾」

まだ母を名前で呼ぶことに抵抗がある。綾と呼ばれた若返った母は、

「びっくりしちゃった。久しぶりにナンパされて」

キュートな視線で上目遣いに裕司を見つめてくる。くりん、とした目が真《ま》っ直《す》ぐに見つめてきて、一気に心臓が早鐘を打って身体が熱くなる。

「ど、どうしてここに」

駅の方に歩きながら裕司は訊いた。

「図書館に行ったのよ。それでもしかしたら、裕くんと一緒に帰れるかもしれないなあって、寄ってみたの」

母が首をかしげてにこっと笑う。

いつもの母の仕草だが、美少女となった今、同じような仕草をされるとドキッとしてしまう。

「図書館？」

「同じような症例が今までなかったか調べてみたの」

なるほど、それは考えつかなかった。さすが四十二歳だなと、美少女を目の前にして妙に感心する。

「それで、それらしきものはあったの？」

歩きながら訊くと、母は難しい顔をした。

こうして並んで歩くと、若返った母は、ホントに小さくて細くて、どこからどう見ても女の子だ。母はうーん、と小さく唸《うな》ると、

「医学書とか見たんだけどなくてねえ。唯一あったのが……」

「あったの？」

裕司は色めき立った。しかし、母はため息をついて、

「超常現象の本にはあったけどね」

「……オカルトかあ……」

裕司もため息をついて、自動改札を通り過ぎる。

ホームに行くと、いつも大学から帰るときよりも、かなり混雑していた。

「この電車って、いつもこんなに混むの？」

二十歳の母が、目を丸くする。

「いや、いつもはもうちょっと空《す》いてるんだけど……ああ、ほら信号機故障だったってさ」

電光掲示板を見れば、この先で信号機の故障があったと表示されている。

ふたりで列に並んで乗客の波に呑まれてしまうと、どうにもできずに車両の中央まで押し込まれてしまう。

裕司は手を伸ばしてなんとか吊革をつかんだが、もともと小柄だった母は、若返ったせいでさらに背が低くなったのだろうか、裕司の服の裾をギュッとつかんできた。

(なんか恋人同士みたいだな)

下を見れば、母と目が合って、なんとなくふたりで苦笑した。

肩ぐらいまでの黒髪が、さらさらと柔らかく揺れて、母は小さな手でそれを掻き上げる。バンビを思わせる黒目がちな瞳がきらきらと輝き、愛くるしさに拍車をかけている。

(可愛いよな……やっぱ……)

そのアイドルのようなルックスと、ニットを大きく突き上げる乳房のボリュームや、ミニスカから出たすらりとした美脚が、暑苦しいほど不快な満員電車の中でもひときわ華やかなオーラを放っている。

そんなキュートな美少女と、向き合うようにして身体をくっつけているのだから、中身が四十二歳の母とはいえ、青い欲望がわき上がるのも無理はないと裕司はひそかに思う。

それでも誤解されてはいけないと、裕司はあまり母親の身体に触れないようにして吊革につかまっていた。満員電車も慣れっこではあるのだが、母はそうでもないようだ。

裕司の服の裾をつかんでいるものの、電車が揺れると脚の踏ん張りが利かないらしく、後ろのスーツ姿のサラリーマンにもろにぶつかってしまう。

「す、すみません……」

母が小声で謝る。サラリーマンは肩越しに迷惑そうな顔を見せるも、相手が小柄な美少女だとわかると何も言わずに前を向いた。

そんなときだ。

(ん？　なんだ？)

母のななめ後ろにいる別のサラリーマンがもぞもぞと動いていた。

不穏な空気を感じ、裕司は首を伸ばして母の後ろに目を向ける。

見れば年配のサラリーマンが、若返った美少女の母に身体を寄せていた。他の男の乗客もそうだ。小柄でキュートな母に、じりじりとわざと身体を寄せているのが見える。

(こ、こいつら……)

手こそ出してはいないが、あきらかに痴漢行為だ。

しまった、と裕司は思った。

背が低く、それでいておっぱいやお尻も大きな小柄な女性。中身が四十二歳だろうが関係なく、今の母はいやらしい男たちの格好の餌食ではないか。

母は男たちを見上げて咎《とが》めるような顔をした。しかし男たちはどこ吹く風だ。

相手が若い女だからと、気にすることもない。

そのうち母のななめ後方の男が、母にぴったりと密着し、腰を上下にゆっくりと動かしはじめた。

母がハッとした顔をして、それから大きな目を歪《ゆが》めていやいやをした。見れば男のズボン越しの股間が、母の背中のあたりをこすっている。

(なっ！　このおっさん、母さんに股間を押しつけているんだ)

先ほど母をナンパした男たちに対してと同じように、怒りが湧いた。

外見は美少女にしか見えない母親と目が合った。形のよい細眉をたわめ、さくらんぼのような赤い唇を口惜《くや》しそうに噛《か》みしめている。

(母さん……！)

怒りが頂点まできた。

乗客たちが迷惑そうな顔をするのもかまわず、手を伸ばして母の腰を持ち、グイと思い切り引き寄せて抱きしめる。

「……裕くん、ありがと」

母が見上げて囁《ささや》き、優しく微笑んだ。

アーモンドアイが細められて、三日月の形になる。キュンとした。

裕司は小さく頷《うなず》いてから、照れくさくなって窓を見た。

ものすごい美人を彼女にした彼氏は、こんな風に苦労するんだろうなあと、おかしなことを考える。

ようやく次の駅に電車が停《と》まった。

ドアが開いて乗客が降りた、と思ったら、また大勢が乗り込んでくる。車内はいっそう混雑し、ふたりは人波に押される。

若返って少女になった母の、熱い息づかいを感じる。ふくよかな乳房の弾力がギュウとますます押しつけられる。

さらには脚をもぞもぞと動かすものだから、二十歳の若々しい太ももの張りつめた肉感が、裕司の脚に感じられる。

（うう……や、やばい……）

全身がカアッと熱くなっていく。加えてズボンの中で屹立《きつりつ》が硬くなっていくのを感じた。

(……股間が……おさまれ。おさまれってば!)

まったく違うことを考えようと思うのだが、若い母から、やたら甘い女の肌の匂いが立ちのぼってきてクラクラしてしまう。

顔は童顔で愛らしいのに、時折つらそうに眉を歪めたり、ハアハアと半開きで呼吸する仕草に、噎せ返るような女の色香が宿っている。

そして、抱きしめる細い腰つきや、たわむほどきつく押しつけられているおっぱいの弾力を感じるうちに、ますます屹立は硬くなって、しかもその硬いものが母の腹部をこすってしまっていた。

(これじゃあ、あの痴漢と同じじゃないか。変態か僕は……)

息子の股間の変化は当然、母にも伝わっているはずだ。

母がちらりと上目遣いに裕司を見る。しかし、何も言わずに恥ずかしそうにしながら、もぞもぞと腰を動かした。

目の下をねっとりさせている母の表情は、息子の欲情をはっきりと感じとっている顔だった。

「ご、ごめん……ママ」

吊革につかまりながら、母の方を向いて小さく言った。

黙っていると雰囲気がまずくなっていくばかりなので、思い切って股間を硬くしてしまっていることを母に謝ったのだ。

母はうつむきながら、

「い、いいのよ。裕くん、男の子だものね」

大人の余裕というのか、いかにも思春期の息子を持った母親らしいことを、若返った母が口にする。

だが、うつむいている頬を見れば、母の顔は羞恥に真っ赤に染まっている。そうはいっても、息子の性的な欲求をうけて平然としてはいられないのだろう。

そのときカーブで電車が揺れた。咄嗟《とっさ》に足の位置を変えようとして、裕司の膝が母の脚の間に入り込んでしまった。

ミニスカートから伸びた太ももの間に、裕司の脚が挟まるような格好だ。

（あっ……）

まずい、と思った。

母も驚いたように裕司を見上げて、咄嗟にギュッと太ももをよじり合わせる。

裕司の脚を外そうとしたらしいのだが、思いのほか裕司の脚が深いところまで入ってしまっていて、挟み込むようになってしまったらしい。

「ご、ごめん」

裕司は顔を赤くして謝り、抜こうと思って脚を動かした。すると母のプリーツスカートがまくれるようにズレ上がって、太もものきわどいところまで見えそうになった。

「だめっ、裕くん。スカートが上がっちゃう」

母が小声で囁き、まくれたスカートを慌てて手で押さえつけた。

となると、脚を動かせなくなる。

さらには電車が揺れるたび、ニット越しの巨大な乳房がギュッと押しつぶされるほどに、こすりつけられている。

たまらなかった。

裕司はハアハアと息を荒らげる。心臓が今にも破裂しそうなほどドクンドクンと脈を打っている。

(ママ……さ、触りたい……)

猛烈な性欲が二十歳の青年に宿ってきていた。中身は四十二歳の母だとわかっているが、それを抑える理性が崩れそうだ。

そのときまた、電車がガタンと揺れた。

若い母の太ももの間に挟まった脚が動いて、ストッキング越しの太ももや股間をこすってしまう。

そのときだ。

「んっ……」

母の口から女の声が漏れた。

（まさか……感じているのか、母さん）

乳房に触れたときの「あんッ……」という悩ましく色っぽい声が、裕司の頭をよぎる。

見た目は美少女でも、中身は四十二歳の未亡人だ。男に触られて悦《よろこ》ぶことを知っている。

（ママ……）

いけないと思いつつ、裕司は母の太ももに挟まれた右足に意識を集中させる。

あくまでバランスがとれないんだという風に、少し膝を持ち上げて自分の太ももで母のスカートの中の股間をこすりあげた。

「んッ……！」

母は一瞬ピクンッと震え、しがみついた手にギュッと力を込める。

（やっぱり、感じてる。僕の脚で……）

さらに膝を持ち上げると、太ももの付け根の弾力が伝わってきた。

ストッキングのなめらかさの向こうに、ぐにゃっとする柔らかい肉の感触がした。

（これ、母さんのアソコだ）

ストッキングとパンティという布越しとはいえ、初めて触れる成熟した女性の性器に、裕司は心をざわめかせた。

裕司は電車に揺られるふりをして、さらに母の股間に入り込んだ脚を動かして、太ももの上部で母の股間を圧迫した。

「ん……！　んっ……」

美少女となった母は、裕司にしか聞こえないくらいのわずかな喘ぎを漏らし、裕司の服をギュッとつかんで全身をぶるっ、ぶるっと震わせている。

（ああ、感じてる……間違いない）

先ほどの男たちと同じことをしている。最低だと思うのだが、もう全身が滾《たぎ》っていてとまらなかった。

耳鳴りがして、ドクドクと血液が流れるような音がする。

全身が熱くなり、手のひらが、ひどく汗ばんでいる。

もうガマンできなかった。

裕司は母の腰を持つのをやめ、左手を降ろして母のミニスカートの奥へとその手を滑り込ませた。

「……！」

母はキュートな顔を持ち上げ、裕司を咎めるように睨みつけた。

「や、やめなさい……裕くん」

か細い声で叱責する。しかしあたりを気にしてか、激しく抵抗せずに裕司のスカートに潜る手を、右手で押さえつけるだけだ。

「ママ、可愛い……」

咄嗟にそんな言葉が口から出る。

「こんなときに、ママなんて」

「言って欲しいんでしょ、ママ」

二十歳くらいに若返ってしまった母の姿が、息子には完全に恋愛対象だった。

その狼狽《うろた》えるような母の大きな目が、愛《いと》おしさに拍車をかけた。

スカートの奥にある左手を動かして、ストッキング越しに母の太ももを揉みしだいた。

「んっ……ちょっと、やだっ……だめっ……」

少女となった母はビクッと震え、華奢な肢体を強張《こわば》らせる。

そして、左右の太ももをギュッと閉じて、股間に入り込んだ裕司の指の動きをとめようとする。

裕司は太ももの柔らかな圧力を感じながら、それでも差し込んだ手をゆるゆると動かして、じわりじわりと太ももの際どいところまで迫った。

「だめよ、そんな……母親にいやらしいこと……くっ……」

母が唇を噛みしめる。その様子は、あやうく漏れ出そうとした声を押しとどめたように見える。

(感じている……やっぱり大人の女性なんだよな、ママ)

見た目はあどけない美少女だが、眉をたわめてつらそうにしている表情は、アダルトビデオで見た女優が、男の指や舌で追いつめられていくときの、悩ましい表情そのものだった。

裕司はもう興奮しきって頭が痺《しび》れていた。太ももに挟まった手のひらを上に向ける。

そして、人差し指と中指を曲げて、ストッキングとパンティ越しの母の肉層をこすりあげた。湿り気のある柔らかな媚肉《びにく》を何度もこするうち、母の脚が震えてくる。

「あっ……あっ……」

母は恥ずかしいのか裕司の肩に顔を埋《うず》めて小さく喘いだ。

肉体的には幼くとも、精神的には成熟したひとりの女性である。たとえ息子の指であろうとも、感じてしまうのだ。

母の抵抗が緩んだことで、裕司はいっそうイタズラに没頭した。

指をくなくな動かせば、指先にはパンティの湿り気とともに、陰部の肉のたわみがいっそう伝わってくる。脇腹のあたりに押しつけられた大きな乳房の弾力もたまらなかった。

裕司はハアハアと息を荒らげながら、夢中で若返った母の股間をじっくりと撫でさする。すると母の腰が微妙にくねりはじめ、

「んっ……くぅ……だめっ……いやっ……」

と、口では抗《あらが》いを表すのだが、しがみつくように震えるだけで一向に抵抗しよ

うとはしない。それどころか腰の微妙な横揺れが、息子の指をもっと味わいたいと動いているようにも見えてきてしまう。

(だ、だめだ……ガマンできない)

裕司は太ももに挟まった指を器用に動かして、ストッキングに爪を立てた。

薄いナイロンは意外に弾力があるが、力を入れるとピリッと裂ける。

「よ、よして……いい加減に……裕くんっ」

小声で母が厳しい言葉を口にして、じろりと睨んでくる。

しかし怒りに充ちている表情ではあるものの、目の下がねっとりと赤らんでいて、美少女のつぶらな瞳が、きょろきょろと動いている。

「よしてなんて。ホントは触ってほしいんでしょ?」

興奮で頭が痺れ、母に対してとは思えない台詞《せりふ》が口を突いて出る。

かまわず上部に指を這《は》わせていく。すると指がシルクのような布地に触れた。

(か、母さんのパンティだ……)

裕司は息を呑んだ。

中身が四十二歳の母だという事実が、興奮で吹き飛んでしまった。外見は裕司のもろタイプの可愛い美少女なのだ。もうそうとしか見られない。

息を弾ませながら、奥までさらに指を動かす。すると、パンティのつるつるとした布地の底の方がじっとりと湿っていた。

（母さん……濡らしている？）

最初は、汗かと思った。

だがゆるゆると、指でパンティ越しに恥部を撫でていると、亀裂のような部分に指が沈む感触があり、ネチッ、ネチッというかすかな音が聞こえてきた。

（やっぱりこれ……愛液ってやつだ……）

「あっ……い、いやっ……」

小さく甲高い声を発し、母は裕司にしがみつきながらも、いやいやと首を振る。

しかし指が動くと、それに呼応するように母の腰はくねってしまう。

（触って欲しいんだ……）

猛烈に昂《たか》ぶりつつ、しつこく基底部をこすりあげると、そのうちにパンティのクロッチの部分があふれる蜜を吸収しきれず、ぬるぬるしてくる。

（……こ、こんなに濡らして……！）

美少女となった母を、息子は驚きの相貌で見つめる。

生真面目《きまじめ》な母が、電車の中でアソコをぬるぬるさせている。そのことが信じられなかった。

抑えていたものがぷつり、と切れたような気がした。

（もうどうなってもいい……母と息子の関係でなくても……）

若返った母を見た瞬間から、もう母子ではいられなくなると直感していた。

裕司は唾を呑み込むと、思い切って指で、母のパンティのクロッチをズラし、中に指を忍ばせる。

「んくっ……！」

母は細い顎を跳ね上げ、大きく目を見開いて裕司を見た。

まさか下着の中にまで指を入れられるとは思っていなかったようだ。

おびえるような目つきで裕司を見つめて、泣き顔で何度も首を横に振った。

（もう無理だよ、ママ……）

大きな目で咎めるように見つめられながらも、強烈な欲望に支配されていた裕司はそれをやりすごし、濡れそぼるワレ目を指で探り当てる。

（おおう……こ、これが、女性器っ……お、おま×こ……）

ふっさりとした茂みの奥に柔らかな肉層が息づいている。

とろりとした蜜の分泌を指先に感じる。ねちゃりとした粘性の愛液がまぶされ、淫靡な熱気がパンティの中に充満していた。

裕司はネットで見た無修正の女性器を想像しながら、濡れた花弁に沿うように指を動かした。

おびただしい愛液が中指にまとわりついてくる。

「く……んっ……んっ……」

母はもうイタズラする息子の顔をまともに見られなくなったようで、裕司の肩に顔を押しつけ、声を押し殺して震えている。

母が顔を上げた。

大きな目はぼうっと潤みがかっていて、とても二十歳くらいの女の子とは思えぬ色っぽい表情を見せていた。息子の指なんていやなのに、感じてしまって欲望を抑えきれない。そんな風に見える。

裕司はもう股間をギンギンにさせて、何度も少女の濡れ溝を指でなぞる。と、ワレ目の上の方にこりっとした粒があり、それも指で撫でると、

「くっ……！」

若い母がビクンと肢体を躍らせて、そのことを恥じるように顔を伏せる。

クリトリスだ。ここが、女の人の感じる部分……。

本当に真珠みたいな粒なんだと、感動しながら、すっ、すっ、と優しくなぞると、母はそのたびにビクンビクンと腰を揺らめかして、ギュッとしがみついてくる。

（すごい……）

本当に女の感じる部分なのか……と思いつつ、また濡れた溝に指を這わせれば、信じられないことに母が腰を押しつけてきた。

（え？）

裕司はびっくりして、少女となった母を見る。

セミロングの小顔の美少女が、ハアハアと荒い息をこぼして震えていた。童貞でもわかるほどに、もっと感じたいと、とろんとした目つきが物語っている。

「か、母さん……いいんだね」

耳元で囁くが母は答えない。しかし、その問いかけに呼応するように濡れ溝を裕司の腰に押しつけてくる。

そのあられもない母の仕草に、裕司はもう頭がとろけきった。

満員電車の中、サラリーマンが、ふたりの様子をうかがっているのも見える。

だがもう裕司には何も見えないし、聞こえなかった。

裕司は中指を鉤《かぎ》のように曲げ、蜜にまみれた肉層の内側を引っ掻くように滑らせる。そこには小さな窪《くぼ》みがあり、グッと力を込めると指がぬるっ、と、温かな狭穴の中に滑り込んでいく。

「んんっ……」

母がくぐもった声を漏らし、ぶるっ、と全身を震わせる。

(こ、これ……かあさんの……)

セックスのときにチ×ポを入れる孔だ。こんなに簡単に入るんだ。

初めて触れる膣孔《ちつこう》は狭く、蜜でねっとりしている。柔らかな媚肉がひくひくと蠢《うごめ》いて、中に挿入した指をキュッと食いしめてくる。

もうなにがなんだかわからなかった。

全身を汗まみれにし、揺れる電車の中で踏ん張りつつ、母を抱きしめながら、膣奥をぐちゅぐちゅと指で穿《うが》った。

「うっ……んっ……」

少女がしがみつきながら、小さく呻《うめ》き声を上げている。唇を噛みしめていて、もれそうになる声を必死にガマンしているのが見える。

裕司は鼻息荒く、夢中で指を出し入れする。

そうしながら指を奥まで貫き、ざらつくような行き止まりをこする。母は腰をがくっ、がくっ、といやらしく揺らし、

「あっ……あっ……ああっ……」

と顔をせりあげながら、すすり泣くような声を放つ。

母にイタズラしているという背徳感、満員電車の中というスリル、そして愛液が放つ獣じみた淫靡な匂いもからまって、裕司の興奮のボルテージがいよいよピークまで押しあげられていく。

（ああ……ママ……）

いたいけな少女が、痴漢されて泣いているような錯覚に陥る。裕司はますます追いつめたくなって、指をいっそう速く抽送させる。

くちゅくちゅという音が聞こえ、おびただしい愛液があふれてパンティどころか太ももやストッキングまでも、温かく濡らしてしまっている。

母の白いうなじがちらりと見え、それがピンクに上気している。

母も全身が汗ばんでいるのだろう。ツンとする汗の匂いも、生々しいアソコの臭いと混ざりあって、裕司の鼻先をくすぐっている。

たまらない、たまらないぞ……。

さらに指を奥まで侵入させ、ざらつく膣の天井をこすりあげる。

「くっ……くくっ……」

すると、しがみついている母の震えがひどくなってきた。

おしっこをガマンするようにぶるぶると全身が痙攣《けいれん》し、それがもうギリギリまで差し迫っている感じなのだ。

もうやめなければ、と思うのに、裕司はそれでも母をいじめ抜きたくなった。

アイドルのような美少女だから、いるだけで満員電車でひときわオーラを放っていた。

その彼女が、痴漢されて股から愛液をあふれさせている。男たちから好奇な目で見つめられているのも当然だった。

さらしものだ。だけど、やめられなかった。

「だめっ……だめっ……裕くん……」

ハアハアと荒い息を漏らしながら、母はやっとのことで抗う声を絞り出す。

だが、腰が前後にうねるように動いていて、もっともっとと貪欲に指を欲しがっているようにしか見えない。

（ママ……こんなにいやらしかったんだ……）

いやがる口調とは裏腹に、もう他人の目を気にすることもできないほど、快楽に支配されているようだった。

そんな母の様子に、裕司の興奮も最高潮に達して、膣奥の中指を激しく動かしてしまう。

そうして、指をぐっと押し込んだときだった。

「……んんんっ……」

母が顔を裕司の胸に埋めるようにして、ぶるっ、ぶるっと震えた。腰がビクン、ビクンと痙攣し、背後にいるスーツ姿の男に母のヒップが当たった。

膣に入れた指を、母の媚肉が強烈に食いしめてきた。とろとろとした蜜が指にかかり、膣壁がビクビクと痙攣する。

やがて、電車が駅近くになってスピードを落とすと同時に、母がぐったりして体重を預けてきた。

少女はハアハアと息を荒らげ、真っ赤に染まった顔をとろけさせて、視線が宙を彷徨《さまよ》っている。

(こ、これ……まさか、イッたんじゃ……)

昇りつめてぐったりしている様子は、エクスタシーに達したAV女優そのものだった。

電車が駅に着いた。

すると母は、黙って裕司の左手をつかんで膣奥から指を抜かせ、服装の乱れや頬に貼りついた乱れ髪を直し、

「着いたわ。降りましょう」

と、何食わぬ顔で人の流れに沿って、電車を降りるのだった。

第二章　美少女ママへの欲情

1

母と息子の異常な行為の後。

意外にも母は何事もなかったように裕司に接してきていた。

母の気持ちは、もちろんわかる。

若返った自分に対する息子の性的な欲望を、なんとか向けさせまいと必死なのだろう。

電車の中での行為は愚行だった。

あれは実の母だ。あんな姿でも、もちろんそうだ。だが一方で、あれはもう母ではないのではないかと葛藤している自分がいる。

二十歳の女性は、子供を産む前の「母」の姿なのだ。生まれた後の息子が好きになってもいいのではないか……と。

（ちょっと待て……ああ、頭が混乱する）

いずれにせよ、そんな奇妙な関係のままに、ふたりは新しい生活をスタートさせた。

とりあえずはこの「若返り」のことは、ふたりの間だけの秘密にした。

もう少し整理する時間が欲しかったのだ。言ったところで誰も信用しないというのもある。

しばらくは「従妹《いとこ》の綾」となって、母は日常を送る。

といっても、母が病気でいないという設定は、それほど日常生活に支障を来《きた》さなかった。

問題は勤めていた家事代行サービスだ。

星川家としては、唯一の収入源は確保しておきたい。

というわけで綾は、叔母《おば》の綾乃が病気している間、自分が仕事を代わりにできないだろうかと、家事代行サービスに直談判に行った。

普通なら断られるだろう。

だが母親のママ友であり、上司の七瀬可南子《ななせかなこ》は「それは大変ねえ」と親身になってくれた。そのおかげで、従妹の綾として仕事をさせてもらえることになった。

可南子は、母と同い年の人妻だった。というよりも、裕司にとっては同級生の母親、である。

可南子の息子の弘幸《ひろゆき》とは高校時代の同級生で、何度か家に遊びに行ったことがある。それがきっかけでウチの母親と仲が良くなったのだ。

その夜。

「ええ……じゃあ、明日から」

リビングのソファで寝転んでスマホのゲームをしていると、風呂上がりの母が向かいに座り、真面目《まじめ》そうな電話を始めた。

おそらく勤め先に連絡を入れているのだろう。

母はゆったりしたボーダー柄のワンピーススタイプのナイティを着ている。

半袖で、膝上のミニスカートくらいの丈だから、ほっそりした手足が見えていた。

抱いたら折れてしまいそうなほど華奢《きゃしゃ》だった。

だがナイティの胸元を突き上げるふくらみは、悩ましいほど大きく、お尻もキュートに小気味よくツンと上向いている。

「明日から仕事にいけるわ。よかったあ」

母は電話を切ってソファから立ち上がると、冷蔵庫から缶ビールを持ってきて、またソファに座った。

裕司は向かいのソファで寝転びながら、言う。

「そうだね。大丈夫なの？　ママ、そんなに飲んで」

すでに空になった缶ビールが、テーブルに置いてあった。

「大丈夫じゃないかも」

母が不安になるようなことを言うので、裕司は起き上がった。

二十歳の女の子は、細い腕で缶ビールを持ち、小さな手でプルトップを開けて、ごくごくと冷たいビールを喉に流し込んでいる。

そして缶ビールを口から離すと、ふぅーっ、と大きく息をついた。

見た目はあどけない美少女には、似つかわしくないビールの飲み方に、裕司は眉をひそめる。

「大丈夫じゃないって……じゃあ、飲んだらだめじゃない」

「違うのよ。なんというか、弱くなったっていうか……なんかねえ、すぐに酔っちゃうのよ。昔に戻っちゃったみたいなの。若返っちゃうと酔いやすいのかしら」

言われてみれば、もう母の顔は真っ赤になっていて、瞼《まぶた》がとろんとして落ちかかっている。

（色っぽいな……このまま抱きしめちゃいたい）

「母さんって、若い頃モテたの？」

そんなことを訊《き》くと、赤い顔をした母はわずかに相好を崩した。

「……どうだったかしらね。なんで？」

「え、いや」

「今の私が、裕くんの好みのタイプだから？」

目の前にいる可愛《かわい》らしい美少女がストレートに言ってくる。

裕司はドキッとして、頭の中が真っ白になった。

「だから……あんなことしたのよね」

母がついに切り出した。

あんなこと、は当然ながら電車内での痴漢行為のことに決まっている。やはりなかったことにはできないのだろう。

それはそうだ。自分もそう思う。

「ご、ごめん……あれは……」

裕司は頭を下げてから、居住まいを正して母を見つめた。

大きくて黒目がちな小動物のような双眸《そうぼう》に、長い睫毛《まつげ》。

小さくすっきりとした鼻筋に、ぷるんとした唇。まごうかたなき美少女が真剣な顔で見つめている。

「私……肉体的には二十歳以上も若くて、裕くんと同じくらいなんだけど、精神的には四十二歳の母親のままなのよ。わかるわよね。それでも、私のことって気になるの？」

母は困惑した様子で見つめてくる。酔いに任せて、ようやく言えなかったことを口にしたという感じだ。

「わかってる。わかってるんだ。けど……」

どうにもいたたまれなくなって、うつむいてしまう。

「私のこと、好きなの？」

セミロングの黒髪をかきあげ、母がいきなり訊いてきた。

普段は大きくぱっちりした二重の眼が、酔って濡《ぬ》れ光って色っぽかった。

美少女は長い睫毛を瞬《しばた》かせて、からかうようにイタズラっぽい笑みを見せている。

「す、好きって……」

照れながら言うと、母はウフフと笑った。

「冗談よ」

母はあくびをしてから、ごろんとソファに横になった。

その瞬間に、短いナイティの裾の奥に、ちらりと白いものが見えて、裕司はハッとして目を逸《そ》らす。

(パ、パンティ。今日は白なんだ……いま痴漢行為をとがめたばっかりのくせに……こんな無防備な)

ナイティの裾から美しいすらっとした脚が伸びている。加えて胸元を大きく盛り上げる乳房のふくらみも悩ましい。

(こんなの、男だったら絶対に襲いたくなる……)

しばらくすると、すうすうと愛らしい寝息が聞こえてくる。見れば、母の瞼が閉じていた。

母が横になっている前まで来て、裕司は起こすのを思いとどまった。

その寝姿があまりにあどけなく見えたからだ。

女の子になった母は、クッションに頭を乗せて、仰向《あおむ》けにすやすやと眠っている。

ナイティの胸元を突き上げる巨大なふたつのふくらみが、呼吸に合わせてゆっくりと上下している。裾はめくれあがって、太もものぎりぎりまでが、大胆にも露《あら》わになっている。

「う……んっ……」

お酒を飲んで赤くなった美貌が、眠たそうな声を漏らす。そして母は寝返りを打って横向きになった。

軽く両膝を曲げて背を丸めるようにしたから、お尻の方が丸見えになった。裕司は興奮しながら母の脚の方に移動し、しゃがんで覗《のぞ》き込む。

（お、おわっ……見えた）

ワンピースの裾がめくれ上がった中で、ムッチリとして乳白色の太ももの裏側と、その付け根に食い込む白い布地がばっちりと目に飛び込んでくる。

（か、母さんの……ママのパンティ、丸見えだっ）

純白で、丸いヒップに貼りついたクロッチの真ん中に深い縦溝が浮きあがっている。丸い双丘が、白い下着からわずかにハミ出ていて、ぷりっとした尻たぶが露わになっている。

（ああ、母さんのお尻……柔らかくて……ムチムチしてたよな）

電車の中で痴漢行為をしたときのことを思い出す。うら若き乙女の、ぷりんとした丸いヒップは、握りしめれば尻肉が指を押し返してくるほどに弾力のある、悩ましいほどの揉《も》み心地《ごこち》だった。

（ああ……た、たまらない……）

裕司はさらにナイティの裾の中に顔を寄せる。目の前に小ぶりだが形のよいヒップと、それを覆っている三角の布が近づいてきた。食い入るように凝視する。

くんくんとかげば、裾の中から甘ったるい匂いが鼻孔をくすぐった。思春期の女の子特有の、甘い柑橘《かんきつ》系の体臭のような気がする。

（ああ、すごい）

ひりつくような高揚が、身体《からだ》の奥から湧き上がってくる。

裕司はハアハアと息を荒らげながらじっくりと見た。

女性の陰部は小水の匂いなど一切しなくて、むしろ甘く生々しい香りだった。クロッチの右側から、短い恥毛がハミ出している。その無防備さに、裕司はカアッと身体を熱くさせる。

触りたい、その欲求が理性を超えてしまった。電車のときと同じだ。二十歳の性欲は一度諭されたくらいでは収まりがつかなかった。

（か、母さん……ママ……）

裕司は母の頬に手で触れた。まるで起きる気配がなかった。

すっぴんでも母は可愛らしかった。

これから自分が何をされるのか、そんなことはつゆ知らずといった安心しきった寝顔をさらしている。そのことも昂《たか》ぶりに拍車をかける。

震える手ですべすべした肌を撫《な》でる。

温かく肌理《きめ》の細かい肌が、ぷるんと指を押し返してくる。

そんなことを繰り返しても、母はスースーと小さな寝息を立てて眠ったままだった。

横向きだった母の肩を持ち、仰向けにさせる。

鼻筋をなぞり、艶々した唇を指でなぞる。

（僕のモノだ……ママ……）

心臓をバクバクさせながら顔を近づけて、チュッと軽くキスしてから、すぐに唇を離すと、

「ん……」

母の淡い吐息が、息子の鼻先をくすぐる。アルコールにほのかなミントのような匂いが混じっていた。

起きない……。

裕司は美少女となった母の寝顔をじっくりと見つめる。

閉じられた睫毛が長く、ツンとした小鼻とふっくらした唇がキュートだった。

ナイティは身体にぴったりと張りついて、乳房の形をくっきりと浮かびあがらせている。

こうして間近で見れば大きいだけでなく、仰向けでも形が崩れずにツンとせり出していて、美しい形をしていた。

（こんなおっぱいしているから……ママは……）

理不尽な怒りが独占欲に変わっていく。おそるおそる裕司は綾乃の乳房に手を置いた。それだけでズボンの中の分身が痛いほど硬くなった。

母の寝顔を見る。大丈夫だ。起きる感じはしない。

もう少し触っても……。

たわわな乳房のふくらみを手のひらで包み、ぐっと揉みしだいた。

（や、やわらけー）

軽く握ったことはあるが、こんなにしっかりと女性のおっぱいを揉んだのは初めてだ。

おっぱいの揉み心地の素晴らしさに、裕司は意識を失いかけるほどに興奮してしまう。

こらえきれず、薄いナイティ越しにぐいと指に力を入れる。手のひらではまったく収まらないほどの巨大なふくらみに、五本の指が沈み込んでいく。

「んん……」

少女の顔がにわかにつらそうに歪《ゆが》んだ。

ドキッとして裕司は手を離すが、やはり眠ったままだ。

（ああ、見たい……）

こんなことがバレたら、もう口もきいてもらえないかも知れない。それでも、あの電車のときのように、自分のものにしたかった。

（そうだ、自分で脱いだことにすればいい……）

若返る前の母は、たまに酔って息子の前で服を脱ぐことがあった。もし途中で起きたら、自分で脱いだと言い張ろう。

裕司は一層大胆になって、ワンピースタイプのナイティのボタンを外していく。白いブラジャーに包まれた乳房がこぼれ出る。

ハア……ハア……。

自分の荒くなった息づかいが妙に大きく聞こえる。唾を呑《の》み込む音さえ、部屋中に響いたのではないかと思った。

ナイティのボタンは腰まであり、全部外して肩から抜くと、上半身がブラ一枚という格好になった。

ブラジャーを外そうと、母の身体を横向きにして背中に手をやる。

銀色のホックがふたつ付いている。震える指でなんとか外すと、大きなカップのブラジャーがくたっと緩み、乳房がぶるんっ、と弾《はじ》けるように露わになった。

（う、うわっ……でか！）

ブラで押さえていたのだろう。ふたつの肉のふくらみが、まるで風船がふくらんだみたいに目の前に現れて、思わず見とれてしまう。

母の身体を仰向けに戻しても、やはり乳房はしっかりと突き出している。下乳が押し上げるようにゆたかに盛り上がり、乳頭はツンと尖《とが》って上を向いている。

静脈が透けて見えるほど白い乳肉のやや上方に、透き通るような淡いピンクの乳首がある。

（ママの、若いおっぱい……）

ごくっ、と唾をまた呑み込んで、裕司はおずおずと手を伸ばして、少女の乳房を直《じか》に触れる。

温かくすべすべした乳肌の感触と、ソフトな弾力に裕司の欲望はさらに大きくなっていく。

ズボンの中では勃起が痛いほど張《みなぎ》り、先走りの汁が先っぽから漏れだして、下着を濡らしているのが感触でわかった。

それほどまでに熱い衝動で身体を震わせつつ、裕司は美少女の姿となった母のおっぱいを、ギュッとつかんだ。

「ううん……」

母の華奢な肢体がピクッと震えて、わずかに顎があがった。しかし瞼は閉じられたままだ。唇がほんの少し開いて淡い吐息が漏れる。

(感じているっ……眠ったままでも感じるんだ)

指を開いてゆっくりと揉みしだき、心地よい感触をじっくりと味わった。

とろけるような柔らかさなのに、指を押し返す弾力がある。メロンほどの大きなゴム毬《まり》のようだが、もっと豊かな揉み心地に陶然としてしまう。

「んっ……んんっ……」

女の子の母は眉根を寄せて、キュッと唇を噛《か》んでいた。そんないやらしい顔すら、キュートだった。

眠っていながらも、わずかに息づかいが乱れている。

もしかするとエッチな夢を見ているのかも知れない。そう思うと、裕司の呼吸も乱れて、ますます心臓が高鳴りを増す。

しばらく揉んでいると、突起がそれとわかるほどに硬く尖ってきて、見ればムクムクと勃《た》ってきていた。

(やっぱり寝ていても感じてるんだな)

おそるおそる乳頭部を指でくりっと撫でると、

「ん……ん……」

母はくぐもった声を漏らして、腰をじれったそうによじらせた。

さらに乳首をこすれば、まるで触ってというように両脚があられもなく広がっていく。

上半身をはだけたナイティは、もう腰に巻きついているだけの状態で、白いパンティが見えてしまっている。

（す、すごい……そうだ、写真……）

泥酔して寝ている母の半裸を撮影して、オナニーのおかずにすることを考えたのだ。

誰にも見せないからと心の中で詫《わ》びつつ、テーブルに置いてあったスマホを持ってきて、ソファに横たわる母の無防備な姿にレンズを向けた。

カチッ、カチッとシャッターを切る音がして、画面にあらわな姿になった、美少女の母の姿が何枚も記録されていく。

乳房のアップ、華奢な全身、薄い寝間着の裾からのぞくパンティ、そしてキュートな寝顔までをじっくりと撮影してから、裕司はスマホを置いて、再び寝入っている母の身体の愛撫《あいぶ》をする。

おっぱいをすくいあげるように揉み、円柱形にせり出した薄ピンクの乳首を中指で軽くバイブさせる。

「んっ……んんっ……」

眠っている母の口から、くぐもった声が続けざまに漏れ出していく。

感じているのだろう、胸を喘《あえ》がせ、形のよい細眉をハの字に折った苦しそうな表情で、尖った顎をせりあげていく。

（すごい……色っぽい……）

見た目は二十歳の女の子の顔立ちなのに、中身は成熟した大人の女性である。

寝ていても感じている顔が、背筋がゾクゾクするほど悩ましくて、裕司の興奮が収まらなくなっていく。

さらに乳首を弄《いじ》れば、ビクビクッと、母のしどけない半裸は痙攣《けいれん》した。

（もっと……もっとだ……だ、大丈夫だ。どうせ起きない……）

頭が痺《しび》れて罪悪感が薄れていた。

円柱形に尖りきった乳首の中心部がわずかに窪《くぼ》んでいる。

鼻を持っていくと、ミルクのような柔肌の匂いと、ボディシャンプーの混じった匂いがした。

甘酸っぱい、汗のような芳香もする。

裕司はそっと上目遣いに母の様子を見ながら、乳首を舌で軽く舐《な》めた。

「あっ……」

母の歯列がほどけて、甘い声が漏れた。

裕司は驚いて飛《と》び退《お》くが、女の子はそのまま「うーん」と軽く伸びをして、またすうすうと寝息を立てはじめる。

（乳首が性感帯なのかな……）

今の甘い声が聞きたくて、もう一度、舌で舐めた。

「あ……」

同じようにピクンッ、と震えて、わずかに母の背中がググッと持ちあがった。

（眠っているのに、なんて可愛い反応なんだ）

今度は唇で咥《くわ》えて、痛ましいほどに勃起した乳首をチュッと吸いあげる。

「んんん……」

肉房が揺れるほどに、母はしどけなく腰を揺らす。

眉根を寄せた顔が今にも泣き出さんばかりに切なそうで、女の情感にあふれていた。

（もう、た、たまらない……）

裕司は母の寝ている前で、ズボンと下着を下ろす。

天を突くほど反り返っている怒張が、バネのように飛び出してくる。

（こ、このまま……）

少女の……母の中に、このいきり勃ったものを挿入したかった。

だがさすがにそれはまずい。

（くそっ）

裕司は仕方なく、自分ですることにした。

先走りの汁でぬらついていた胴幹を握り、母の乳房や剝《む》き出しの下腹部を見つめて軽くこする。

「くっ……」

それだけで尿道から噴きあがりそうな予感がして、なんとか手をとめて自重した。

（危ないっ……ママの顔にかけるところだった）

息子に服を脱がされ、自慰行為されているともつゆ知らず、キュートな美少女の母親は静かな寝息を立てている。

このままの関係を続けたかった。バレたくはなかった。

（ママ……）

そのとき、ふいによからぬ行為が頭をよぎった。

裕司は寝ている母の右手を取ると、いきり勃った怒張に持っていった。

小さな右手で息子の勃起を握らせる。

「くっ……」

気持ちよすぎて、裕司は腰を引いた。

母の手はしっとりとして温かくて……なによりも息子の性器を触らせているという背徳感に、裕司の頭の奥がひりついた。

（ママ……触って……僕のチン×ン……気持ちよくさせて）

心の中で禁忌の台詞《せりふ》を思い描きながら、母の手の上から自分の手を重ねて、あやつり人形のように淫らな手コキを始めさせた。

（き、気持ちいい……ああ、ママ、上手だよ）

キュートな寝顔を見つめながら何度も手を上下させる。

何度かこすったときだった。

ペニスの先がムズムズして、熱いモノがこみあがってくる感触がした。

「くぅう……」

（で、出るっ……）

裕司は咄嗟《とっさ》に右手をペニスの先にあてがった。

その瞬間、熱い白濁のしぶきが勢いよく出て、裕司の右手を汚した。足先が震えて、立っているのもつらくなる。

それほど猛烈に気持ちよい射精だった。

あまりの気持ちよさに、腰が抜けそうになるほどだ。

裕司は手のひらからこぼれた精液をティッシュで拭い、息を整えてから、そっと母の乱れた寝間着を直しにかかる。

射精の気持ちよさよりも、罪悪感が今頃になって頭をもたげてきた。

いや、それよりもだ。

自分が好きになったのは、実の母親なのだと改めて強く思い知らされた。

好きになっても、実の母がその気持ちに応えてくれるわけはなく、こんな風にイタズラすることで性欲をまぎらわすしかできないのだと。

2

裕司は家を出た。

夜九時をまわっている。どこに行くというあてはないが、空漠たる思いが、家にいることをためらわせた。

寝ている母のナイティを脱がせ、乳房を揉み、さらにはブラジャーをズラした扇情的な格好《かっこう》にさせて撮影し、最後には母の手を使って手コキで射精した。

思い出すだけで恥ずかしくなってくる。

若返って美少女になったとはいえ、中身はいつもの母だ。

実母に対してガマンできなくなり、性的なイタズラをするなんて……痴漢行為でこりたはずだったのに。

射精したあとは、こっそりと寝間着を戻して毛布をかけておいた。

母は一度寝るとなかなか起きないから、気付かれていないとは思うのだが……。

歩いていると、小腹が空《す》いてきた。

チェーン店の安居酒屋にでも入ろうかと思ったときだった。

繁華街で偶然、七瀬可南子が歩いてくるのが目に入った。

やや栗色《くりいろ》がかったミドルレングスのヘアが、ふんわりと柔らかく風になびいている。

四十二歳と、若返る前の母と同い年のはずだが、彼女も母と同じように年齢よりも若々しく、なんといっても落ち着いた美人だから、裕司は可南子の顔を見るだけでドキッとしてしまう。

どうやら彼女の方もすぐに裕司のことがわかったらしく、小さく、あっ、という風に口を開いて、自然な笑みを見せながら歩いてきた。

「裕司くん、久し振りねえ。どうしたの？」

ふんわりと甘い匂いをさせながら、タレ目がちな双眸が、優しい雰囲気をつくる。

「どこかで何か食べようかなって、探してて」

裕司は頭を下げて、挨拶しながら言う。

可南子は柔和な笑みを強張《こわば》らせて、少し寂しそうな顔をした。

「ねえ、お母さんの具合はどう？」

「え？」

ああ、そっか。

一瞬、彼女が何を言っているのかわからなかった。母は今、病気で家にいないことになっているのだった。

「だいぶよくなってます。安静にしてれば大丈夫だって言われているんで」

「そう。よかったわ」

可南子が優しげな、母性を感じる笑みで裕司を見つめてくる。

(美人だよなあ)

改めて、可南子の美貌に見とれてしまい、思わず照れて視線を外す。そんなときに、可南子の口から思わぬ提案が飛び出した。

「ねえ、裕司くん。いやじゃなければ、おばさんと夕飯食べに行かない？　私もまだなの。弘幸は友達の家に泊まるらしいし、ウチの人は出張で、私ひとりなのよ。何か買って食べようかと思っていたんだけど」

薄手のコートの内側に、ニット越しの胸のふくらみが目に飛び込んできて、裕司はちょっと動揺した。

「いいんですか？」

「ウフフ。いいんですかなんて。こっちの方が申し訳ないわ。おばさんと食べたって美味《おい》しくないと思うけど。でもおごるわよ」

「え……いいですよ。払います」

「いいのよ。そのかわり、適当なお店でいいかしら」

「もちろん」

言うと、彼女はきょろきょろして、

「あっ、あそこにしましょう。私、近所の奥さんたちと行ったことあるの」

可南子が視線をやったのは、居酒屋のチェーン店の看板だった。

清楚《せいそ》で上品な可南子が、安居酒屋とは意外な選択だった。

もっとおしゃれなところを選ぶと思ったのだが、夕飯を食べたかった裕司にはちょうどよかった。

「唐揚げとか美味しかったのよね。裕司くんはお酒飲めるの？」

「まあ少しなら」

「よかった。じゃあ、行きましょう」

可南子の後に続いて、裕司も入っていく。

中は混んでいたが奥の方のテーブル席が空いていた。

可南子はコートを脱ぎ始める。コートの中はぴったりしたVネックのグレーのニットと、茶色のウールスカートという装いだった。

ニットの胸元を悩ましく隆起させる、ずっしりと重たげなふくらみに目が吸い寄せられた。

改めて可南子はグラマーで、肉感的な体つきをしていると思った。それでいてウエストはほっそりしているのだから、まさに成熟した人妻という感じだ。

思わず、頭の中で若返った母の肉体と比べてしまった。

若くピチピチした弾けそうな肉体もいいが、ボリューム満点のバストとヒップを持つ、成熟した人妻の肉体というのも色っぽくそそる。

（ああ……くそ。だめだ。なんかもやもやしているから、おばさんのことをいつも以上に女として意識してしまう……）

裕司はいやらしい視線を向けないよう意識しながら席に着く。店員からおしぼりとお通しを渡されて、可南子は裕司にも尋ねてから生ビールを注文した。

「ウチと一緒。育ち盛りだものね。いっぱい食べてね」

母親のように言いながら、可南子はメニューをひととおり眺め、店員を呼んで注文する。

裕司はその様子をちらちらと眺めた。

大学に行ってからは、弘幸とはあまりつき合わなくなったから、可南子と逢《あ》うのもホントに久し振りだった。

（しばらく見ないと……大人の色気がやっぱりすごいな……落ち着いていて優しくて）

瞼がとろんとして、おっとりした優しい雰囲気をかもしだしている。

右目の目尻の下に泣きぼくろがあって、これがまた儚《はかな》げな印象で、美人度合いに拍車をかけている。

鼻は高くないが愛嬌《あいきょう》がある。唇は厚めで、ぽてっとした感じ。この艶やかな唇も実に色っぽい。

「……あと、なにか食べる？　ご飯モノとかは、もう少ししたらでいい？」

可南子が急にこちらを向いたので、ドキッとした。

「え、ええっ……と、それじゃあ、サラダで」

慌てて適当なものを頼むと、店員が入れ違いで生ビールのジョッキを運んできた。

「そういえば初めてよねえ、こうして裕司くんとご飯食べるの。若い男の子とデートするなんて、ドキドキするわねえ」

そんなことを言いながら、ふたりでジョッキを合わせる。

可南子は生ビールのジョッキを口に運ぶと勢いよく、こくっ、こくっ、と喉を動かして、

「ふうっ」

と実に美味しそうにビールを飲んだ。ちょっと意外な感じがして驚く。

「すごいですね」

思わず裕司が言うと、

「そう？　ウチの人と飲んでいたら、いつの間にかねえ……ウフフ」

ほんわか優しげな目で覗き込まれるように見つめられると、鼓動が速くなってしまう。

裕司も冷たいビールを喉に流し込んだ。

居酒屋の店内の空調のきき過ぎた暑さと、アルコールを入れたことで身体が火照っていく。

目の前の人妻は、夫も子供も出かけて今晩はひとりだと言いつつ、自分と酒を飲んでいる。あるわけないのに、おばさんで童貞喪失か、などという馬鹿馬鹿しいことがチラッと頭をよぎる。

どうにもまだ、さきほど母にイタズラしたもやもやが、自分の中で晴れないらしい。

「お母さん、大変ねえ。何かあったら、すぐに連絡してきてね。おばさんに遠慮はいらないから」

サラダに手をつけながら、可南子は親切に言ってくれる。気にかけてくれることが嬉《うれ》しかった。

ビールをおかわりしたり、運ばれてきた唐揚げを頬張ったりしながら、しばらくは、弘幸が生意気で面倒くさいなんてことを話してくれた。

酔いもまわり、しだいにくだけてきて、裕司も結構喋《しゃべ》るようになった。可南子は聞き上手で、話していると楽しかった。

何杯目かのビールをおかわりしたときに、ふいに可南子が言った。

「ところであの子、綾ちゃんだっけ？　可愛い子ねえ。しっかりしているし。綾乃さんと、よく似ているのねえ」

若返った母のことを急に言われて、裕司は噎《む》せた。

「に、似てますかねえ」

ごまかそうとして、ちょっとあたふたしたところを、可南子がじっと見つめてきた。

「ふーん。あら、もしかして、裕司くん、あの子のことが好きなの？」

直球で言われ、裕司はビールを噴き出しそうになった。

可南子は生ビールをまた、おかわりしながら、クスクスと笑っている。

「い、いや、そんな……従妹ですし」

「従妹も結婚できるわよ。どうなの？」

可南子は興味津々といった様子だ。

他人の色恋が気になるところは、ちょっとだけおばさんっぽい気がする。

「いや、その……可愛いとは思いますけど……」

先ほどのイタズラが頭をよぎった。見た目は女子高生くらいの童顔で二十歳の女の子なんだけど、あれはまごうかたなき実母だ。

好きだと思っても、絶対に思いは遂げられない。

裕司はまたビールを呷《あお》る。

「ウフフ。いいわねえ。若いって。私にもそんな頃もあったわね……でも、結婚して子供ができるとねえ」

可南子はため息をついてから、運ばれてきた生ビールのジョッキを口にする。

いつもこんなにピッチが速いんだろうか。

「結婚って、大変なんですか？」

普段は絶対に口に出さないようなプライベートな質問が、口をついて出た。裕司は三杯目だが、酔いがまわってきて、口が軽くなっていた。

可南子はわずかに思いつめたような顔をして、目を伏せる。

しかし、それは一瞬のことで、すぐにまた柔らかな笑みに戻って、裕司を真《ま》っ直《す》ぐに見つめてきた。

「家族としては愛してるわよ、もちろん。でも恋愛感情はないかしらね」

可南子は寂しそうに微笑《ほほえ》んで、またジョッキの生ビールを口に運んだ。

そうなのか……裕司は思った。夫婦というのは赤の他人だ。長い間一緒にいれば、恋愛感情はなくなってしまうのだ。

裕司も飲んだ。そんなに酒には強くないから、少しくらくらしてきた。身体がやけに火照っている。

「あっ、ごめんなさいね。へんなこと聞かせて。やだわ、息子の友達にこんなことを……」

「いいんです。別に……そうか、ないんですか……じゃあ弘幸は？　一瞬でも好きとか思いますか？」

ふいに口をついて出てしまった。可南子はきょとんとする。

「弘幸のこと？　ええぇ？」

可南子は目を細めて、うかがうように裕司の顔を見つめた。今までと違う妖艶な笑みを見せてきて、裕司はドキッとした。

「裕司くん、なあに、お母さんのこと好きなの？」

「い、いや、違うんです」

なんとか取り繕う。可南子はサラダを食べながら、

「いいのよ。恥ずかしがらなくても。今の子は母親が好きだって子も多いらしいのよ。キミはいい子ねえ。ウチの子なんて口もきいてくれないし」

「いや、そんな……」

いい子、と言われてむず痒《がゆ》いような、それでいて嬉しいような気分になる。

照れてしまって慌ててジョッキを持ったとき、肘でテーブルの上にあったスマホを落としてしまった。

「あっ、やば」

裕司は慌ててテーブルの下に潜る。

薄暗い空間で、裕司は目をこらす。

しゃがんでじっと見れば、スマホは可南子の脚の前に落ちていた。手を伸ばすと、目の前に可南子の脚が見えて裕司は唾を呑んだ。

ナチュラルカラーのパンストに包まれた、形のよいふくらはぎから、キュッとしまった足首……美しい脚にベージュのパンプスがよく似合っている。

そのまま舐めるように見上げれば、膝上のウールスカートから伸びた内ももが、ちらっと覗けた。

淑《しと》やかなはずの可南子だが、少し酔っているのか、膝小僧がわずかに離れて内側が見えてしまっている。

（太ももがムチムチして、ああ、柔らかそう……）

そんな不埒《ふらち》な思いを抱きながらテーブルから出ると、可南子がジッと裕司を見つめていた。

（え？　脚を見ていたの、気付かれた？　まさかな……ほんの数秒だし）

裕司はちょっと落ち着かなくて、ジョッキに手を伸ばす。

「裕司くん、女の人と付き合ったことある？」

ふいにびっくりすることを言われて、一瞬、言葉につまった。

「な、ないです」

「そうなんだ。モテそうなのにねえ。女の人と、そういうことしたことは？」

本格的に驚いて、目が点になった。

可南子は目の下を真っ赤にして、ウフフと笑っている。そして、身を乗り出してこちらを見た。

Vネックのニットの襟ぐりから、深い谷間と白い乳肉がばっちりと見えた。それどころかピンクのブラ紐《ひも》まで見えている。

（おばさん、からかっているんだ）

裕司は恥ずかしくなって目を伏せた。

だけど、友達の母親でありつつも、美人の人妻に、こんな風にからかってもらえるなんて、わるい気はしなかった。

「……したことないです」

顔がカアッと熱くなった。

「そう。でも、興味はあるんでしょう」

「そ、それはもちろん……」

言いながら目だけを可南子に向ける。

なんでも許してくれそうな、いいお母さんという雰囲気だ。しかし、タレ目がちな目の下の泣きぼくろが、今日は一段と色っぽく見える。

「あ、あの……」

「なあに」

友達の母親の目が、妙に熱っぽく感じられた。

旦那さんも息子もいなくて、今日はひとりだと告げられた。それに加えて恋愛感情がないと、寂しそうに自分に愚痴ってくる。

身を乗り出しておっぱいを強調しているのもわざとではないのかと思える。

(もうどうなってもいい……)

この状況を逃したくなかった。

裕司はうつむき加減で思い切って口を開いた。

「お、おばさんがその……女の人のこと教えてくれたら、母親のことは好きにならないかな、なんて……」

「……え?」

ちらりと顔をあげると、可南子の清楚な美貌が強張っていた。

だがすぐに可南子はいつもの優しげな顔に戻り、

「やだ……裕司くん。おばさんをからかわないで」

笑って、またジョッキを傾ける。

「からかっていません。僕、おばさんのこと……好きで、憧れていました。いけないことなんだなって思っていたけど……」

可南子の目が泳いで、頬が赤く染まった。

「それは嬉しいけど……あのね、私……キミのお母さんと同い年の四十二歳なのよ。キミより二十歳以上年上なのよ。当たり前だけど結婚しているし……」

「わ、わかっています。だから、どうこうしようなんてつもりは……ただ、その一度だけ、一度だけ……僕の初めてになってくれたら……母親のことは忘れられるかなって」

恥も外聞もなかった。とにかく必死だ。

それに憧れていたことに嘘《うそ》はない。

真剣な面持ちで裕司がいうと、可南子はひどく戸惑った様子で、身体をそわそわさせ始めた。

「そんなこと……言われても……だめよ、そんな……」

最初は笑って否定していた可南子も、裕司が熱っぽく言い続けていると顔を赤らめて深いため息をつきはじめた。

「一度だけ。今夜だけで……」

裕司が必死に頼み込むと、可南子は一層困惑して、長い間逡巡《しゅんじゅん》していた。

しばらくして、ようやく顔をあげ、しぼりだすような声で言った。

「……いいわ、わかったから……そろそろ出ましょう」

可南子も真っ直ぐに見つめてきた。

息がとまりかけた。まわりの音がすべて消し飛んだ。

可南子は生ビールのジョッキを空にすると、テーブルにあったボタンを押して
店員を呼んだ。

第三章　おばさんの手ほどきで

1

（ど、どうしよう）

裕司は店の前で狼狽《うろた》えていた。

《……いいわ、わかったから……そろそろ出ましょう》

可南子の返事が、頭の中をぐるぐるとまわっていた。あれは間違いなく、ＯＫの返事だった。

しかし承諾をもらったはいいが、ここから先のやり方がわからなかった。普通だったらホテルに誘うべきなんだろうが、二十歳まで女っ気のまるでなかった大学生の裕司には、そんな経験などあるわけがない。

そわそわしているところに、可南子が店の入り口から姿を現した。

薄手のコートを羽織った可南子は、すらりとしたスタイルで、二十歳の息子がいるとは到底思えない若々しさだ。

「お待たせ」

可南子はタレ目がちな目を細めて柔和な笑みを見せてくる。

人妻の可愛《かわい》らしさに裕司はドキンと心臓が高鳴り、顔が強張《こわば》った。

「すみません、ごちそうになって……」

「いいのよ。でも、寒いわね。裕司くん、そんなに薄いパーカで大丈夫なの？」

可南子はいつもの親しげな、ほんわかした笑みを見せる。

「寒い……かな。適当なものを羽織ってきちゃったから……あ」

裕司が腕をさすると、可南子はその腕を取って、まるで恋人のようにぴたりと身体《からだ》を寄せてくる。

腕に柔らかな弾力を感じる。大きな乳房が腕に押しつけられていて、裕司の全身は煮えたぎるように熱くなった。

「あ、あの……」

いきなりの密着に驚いて裕司が訊けば、可南子はすっと顔をあげて上目遣いに、ぎこちない笑みで見つめてくる。

「正直、まだどうしたらいいかわからないの……息子の友達なんだもの……だからね、こうして無理矢理にでもそういう気分にしないと」

可南子がため息をついた。

裕司は申し訳ない気持ちになって「すみません」と謝る。

すると可南子は、

「本当はおばさんじゃ、いやじゃないの？　なにか焦ってその……童貞をなくしたいとか、そういうことじゃ……」

アルコールを含んだ甘い吐息が鼻先をくすぐった。友人の母親という禁忌の存在が、興奮を高めていく。

「いやなんて、そんなわけないです。ホントに」

裕司は間髪入れずに首を左右に振る。

本心からだった。美人な友人の母に、今までも何度も欲情していた。ただ今日ほど抱きたいと思ったことはなかった。

ぴったりくっついてくる女体の柔らかさと、熟女のフェロモンの濃厚さがたまらない。本能的に股間が硬くなり、ぐぐっと持ちあがっていく。

「たしか、裏手の方にホテルがあったわよね。そこに行きましょう。どんなところか入ったことはないけど」

裏通りに入ると一気に人気《ひとけ》がなくなり、緊張が高まっていく。喋《しゃべ》らずにいるのは気まずいので、何かを口にしようとしたときだ。

可南子は一層身を寄せて、手をギュッと握ってきた。

（え？）

見上げてくる可南子の目が、どきっとするほど色っぽかった。可南子は背伸びして裕司の耳元に口を寄せる。

「本当に一度よ。一度だけ。わかった？」

裕司が頷《うなず》くと、可南子が腕をからめながら歩を進める。甘い期待で、心臓が張り裂けそうだった。

ラブホテルにつくと、ドキドキしながら裕司が先に入った。

玄関に部屋を選ぶらしいパネルがあった。明かりがついているのはひとつだけで、あとの部屋のランプは消えている。

押せば、フロントでカードキーをもらう指示が出る。

なるほど、と思いつつ平然としたフリをする。

可南子は裕司と目を合わすことを避けていた。そのためらうような横顔が、人妻の貞淑さを物語っている。

そんな可南子のためらいに、裕司は妙な興奮を覚える。

まごまごしながらも、なんとかカードキーを受け取って、可南子とともに四階の部屋に向かった。

エレベーターを降り、部屋までたどり着くと、震える手でキーを差してドアを開ける。

それほど大きくない部屋の奥に、ダブルベッドが置かれている。

（き、きた……ホントにおばさんとラブホテルに……）

裕司がガチガチに緊張していると、可南子が声をかけてきた。

「裕司くん、上着を脱いで。かけてあげるから」

彼女が安っぽいスリッパを履きながら、事務的に言う。

可南子はみるからに真面目で貞淑な人妻という感じだった。

（どうしてＯＫしてくれたんだろう……）

裕司はそんなことを考える。欲求不満なのか、はたまた可哀想《かわいそう》に思ってくれたからなのか……。

おそらく後者だろう。きっと優しい彼女は、息子の友達が本気でヤリたいと言う願いを無下《むげ》に断れなかったのだ。

可南子は自分のコートも脱いでハンガーにかけた。

ニット越しの大きな胸のふくらみを見て、息がつまりそうになった。

肉感的なムッチリさが熟女らしいが、ウエストはしっかり細いから、おばさんという体型ではまったくない。

「シャワー、先に浴びる？」

可南子の言葉に、いよいよ興奮が高まった。

「ど、どうぞ、お先に……」

（本当にセックスするんだ……おばさんと）

裕司は着ていた薄手のパーカを脱いで、可南子に手渡そうと近づいた。

可南子はパーカを受け取りながら、キュッと唇を嚙《か》みしめている。裕司はその人妻の背後に近づいた。

香水と甘い体臭の混ざった、むせかえるような女の匂いがする。

（これが人妻の……美熟女の色気……）

美少女となった母親から発せられるのは、若い女の甘酸っぱい柔肌の匂いだ。当たり前だが二十も違うのだから、かもしだす雰囲気は違っている。だがどちらも性的な魅力にあふれている。

たまらなかった。

裕司はもういてもたってもいられなくなり、可南子を後ろから抱きしめた。

「きゃっ!」

可南子が驚いて、手からハンガーとパーカを落とす。裕司は覆い被《かぶ》さるようにして、友達の母親をギュッと抱きしめる。

(うわわ……柔らかいっ)

若い肉体とはまるで違う柔らかな肉づきのよさに、裕司は驚嘆した。

「ねえ、待って。お願い、離して……シャワーを……」

可南子が身をよじる。だが激しい抵抗ではなく、もじもじとして、どうしたらいいか戸惑っている感じだった。

シャワーなど浴びている余裕などなかった。本能がこのチャンスを逃すなといっている。

抱きしめながら、くるりと前を向かせると力強く唇を奪った。

「んぅう……ぅんん……」

プルンとした唇のあわいから、熱っぽい可南子の吐息が漏れる。

無理矢理だが、しかし、可南子の抵抗は左右にちょっと顔を振るくらいで、おざなりだった。

いやがってはいない。

ならば、と裕司はねちっこく唇を舐《な》める。

（ああ……おばさんっ……）

本気で好きだという熱っぽさを込めつつ、ぎこちなく唇を合わせる。

そうしながらギュッと抱きしめる。痛いくらいに勃起している下腹部を、美熟女の腰に押しつけながらキスを続けると、次第に腕の中で震えていた可南子が力を抜いていくのがわかった。

そのときだった。

唇の隙間から口内に、ぬるっ、としたものが差し込まれて裕司はハッとした。

（う、うそっ！　おばさんの舌が……口の中に入ってきた……）

キスしながら見れば、可南子は目を閉じて、

「ん、ぅんぅッ……」

と鼻奥で悶《もだ》えながら、ぬめる舌で裕司の口内をまさぐってくる。

口づけする可南子の目の下が、ねっとりした朱色に染まってきた。呼吸もハアハアと荒らげ始めている。

裕司もおずおずと舌を出した。

「んふっ……ンンッ」

可南子の舌が生き物のようにからみついて、ぬめぬめともつれ合う。ふたり立ったまま抱き合い、唾液と吐息が混ざり合うキスに没頭する。

（これがディープキスだ……すごい……とろけそう……）

美熟女の舌が口の中で蠢《うごめ》き、舌を吸い、歯茎や粘膜をなぞりあげる。

初めて経験する濃厚な大人のキスは、甘く、それでいてアルコールも混じっていて、脳がとけてしまいそうなほど気持ちよかった。

ねちゃ、ねちゃ、と耳の奥で、ふたりの唾液のからみ合う音がずっと続いている。

欲情を伝えてくる可南子のディープキスに、裕司の身体は芯から燃えあがる。

夢中で手を伸ばし、ニットの上からふくよかな乳房を揉《も》みしだくと、

「ん！　んんぅ……」

キスしながら、可南子が恥ずかしそうにくぐもった声を漏らした。柔らかなバストを裾野からすくい上げるように揉みあげると、

「ああんっ……」

キスもしていられないとばかりに可南子は唇をほどき、いやいやと身をよじる。

（た、たまらない……おばさんのおっぱい……大きくて柔らかいっ……）

悶える可南子を見つめながら、ニット越しにぐいぐいと指を食い込ませれば、お椀《わん》のような丸みがひしゃげて、裕司の目を楽しませる。Vネックの開いた部分からピンク色のブラジャーのレースと白い上乳が見えた。

たっぷりした乳房の量感に圧倒されつつ、ふくらみを揉みしだき、さらには右手を下げて、スカート越しのヒップを撫《な》でまわした。

「あんっ……ちょっと……」

可南子は真っ赤な顔で、ふるふると顔を振り立てる。

四十二歳の可愛らしい恥じらい方に、裕司はどうしようもない昂《たか》ぶりを覚え、さらにねちっこくヒップに指を這わす。

腰はくびれているのに、そこから急激に丸みを帯びている可南子のヒップ。こうして撫でれば、そのはち切れんばかりの大きさがよくわかる。

（たまらない撫で心地《ごこち》だ……）

人妻の尻肉のむっちり具合に息を呑《の》みつつ、スカート越しの悩ましい尻割れに指を這《は》わせていく。

「ああ……や、柔らかいっ……おばさんの身体、いやらしい」

「やん、そんなことないわ。やだ、もう……」

夢中になって撫でれば撫でるほどに、可南子の息も色っぽく、荒くなっていく。

もうガマンできなかった。

勢いに乗って、ぴったりしたニットを腰からまくりあげる。すると、

「あん、待って……焦らないで。脱ぐから……脱いでくるから……」

可南子が焦り顔を見せて、裕司を制してきた。

2

乱暴すぎたか、と性欲を自制すると同時に、可南子の顔が恥じらいがちに赤く染まっているのを見て、なんだか無性にそそられた。

「ぬ、脱ぐところが見たいです。見せてください」

「ええ？」

そんな……という顔で、可南子が裕司を見る。

隠れて脱いで、そのままベッドに入ろうとしたのだろう。

でも一回だけなのだ。嫌われてもいいから、目の前で裸になってもらって、友人の美しい母親のフルヌードを、目の奥に焼きつけておきたかった。

「見せられるものじゃないわよ、若い頃より体型が崩れてきているし……きっと裕司くん、がっかりするわよ」

可南子が胸の前を腕で隠しながら、諭すように言う。

「しません。絶対に。僕、まだ女の人の裸を見たことがなくて……」

滑稽なほど必死だった。

だがそれでも、友人の母親には効いた。

彼女はタレ目がちな大きな瞳を歪《ゆが》ませて、ため息をついてからニットの裾をつかんで一気にめくりあげ、頭から抜き取った。

（おおう……で、でかい）

精緻なレースの施された薄ピンクのブラジャーが、はちきれんばかりのたわわなふくらみを包んでいる。

可南子が動くたび、ゆっさ、ゆっさと大きく弾むおっぱいの量感に圧倒されていると、彼女は脚をもじもじとさせながら、つらそうに裕司をちらりと見る。

「そんなに期待した目で見ないで。おばさん、恥ずかしいわ」

首筋まで赤く染めた可南子は、恥ずかしそうに半身になり、裕司を横目で見ながら、スカートのホックに手をかける。

一瞬、ためらって唇を嚙みしめていたが、切なげなため息を何度もつくと、ようやくホックを外して、膝と腰を折り曲げて中腰になり、茶色のウールスカートを足下に落とした。

（おおお……ムチムチだ。お尻もすごいボリューム……）

可南子の全身を眺め、裕司は胸奥でため息をついた。

肌色の薄いストッキングがほっそりした腰に張りつき、ピンクのパンティの色と形がうっすら浮き出ている。そのパンティストッキング越しに見える下着がなんとも卑猥《ひわい》で、猛烈に興奮してしまった。

ブラジャーにパンスト姿というのは恥ずかしい姿らしく、すぐさま可南子はスリッパを脱ぎ、床に直接足をつけてから腰に手を持っていき、すべすべのパンストを指でつまんで、

「ああ……」

悲痛な呻《うめ》きを漏らしながら、パンストを剝《む》き下ろしていく。セミロングの艶やかな栗色の髪の隙間から、細眉をハの字にたわめて苦しげな美貌がちらりと見える。その表情がまたなんとも悩ましかった。

薄ピンクのパンティが剝き出しになり、ムッチリとした太ももが露《あら》わになっていく。

股間にぴったり食い込んだ美熟女のパンティのエロさに裕司はクラクラした。白く柔らかそうな太ももにも、四十二歳の女盛りの脂がのっていて、もっちりして柔らかそうだ。

下着姿をさらした友人の母が、恥じらい顔でこちらを見た。

「キミも脱いで」

ハッとした裕司は、慌てて自分のニットとその下のTシャツを脱いだ。どこで脱ごうか迷っていたから渡りに船だった。

チノパンを脱ごうとして、わずかに躊躇《ちゅうちょ》するが、どうせ全部見せるのだと開き直って一気にズリ下ろした。

パンツの前がいびつなテントを張っていて、その頂点にガマン汁の染みが浮いている。慌ててパンツも脱ぐと、屹立《きつりつ》が飛び出してきて急角度でそそり勃った。両手で前を隠して可南子を見れば、驚いたような恥ずかしそうな複雑な表情をしている。

「……こっちにきて」

下着姿の可南子がベッドの端に座り、ぎこちない笑顔を向けてくる。

裕司は小さく背を丸めたまま、可南子の隣に座る。

身体は縮こまっているが、反比例して股間はずっと大きく硬くなったままで、両手で隠そうとするも無理な状態だ。

可南子が身体を寄せてきて、右手を裕司の股間を隠す手に置いた。太もも同士が直《じか》に触れあい、ブラジャー越しのたわわなふくらみが腕に押しつけられる。

シャンプーかリンスの甘い匂いと、柔肌の匂いが息をつまらせる。

可南子と視線が交錯した。

大きなアーモンドのような双眸《そうぼう》が、慈愛をにじませるように細められて、柔和な雰囲気をつくりだす。今まで戸惑い強張っていた人妻の表情が、ほわっとした感じになって、それが包み込むような大人の色気をかもしだす。

「ずっとこんなだったの？　痛かったでしょう」

可南子の目線が下にいく。彼女の右手が、屹立を隠している裕司の左手を押しのける。

（あっ！）

裕司の呼吸がとまりかけた。

ギンギンに勃起した男性器に、友人の母親のしなやかな指がからんで、キュッと軽く握ったのだ。

（うわ……おばさんが……僕のチ×ポを触っている……！）

下着姿の清楚《せいそ》な美熟女の手が、いきり勃つ男性器に触れる。その事実だけでペニスはいっそう硬くなり、切っ先からぬらぬらしたガマン汁がとろっと漏れる。

その体液が勃起の表皮を伝って、可南子の美しい指を汚した。

しかし可南子は尿道を伝って漏れ出した男の欲望に嫌悪することなく、顔を赤らめながらも濡《ぬ》れた指先をゆっくり動かして、屹立をシゴきはじめる。

「あ……ああ」

まさか、の展開に裕司は震え声を放ち、腰をひくつかせた。

「すごいわね、どんどんオツユがあふれてきて、そんなに私としたかった？」

柔和な表情をさらに和らげ、優しげに可南子が訊《たず》ねてくる。

「も、もちろん」

裕司は熱っぽく見つめる。

可南子は勃起をシゴきながら、同じように見つめ返してきて、ウフフと口角を上げた。

「悪い子ね、おばさんをエッチな目で見て……それに一回限りだからなんて困らせて……私もへんな気持ちになってきちゃうでしょ……お仕置きしようかしら」

可南子は肉竿《にくざお》から手を離し、仰向《あおむ》けにベッドに寝るように指示をする。

寝そべっても、イチモツはいきり勃《た》ったままで、太幹がビクビクと脈動している。

下着姿の可南子がその横に座り、髪を指で掻《か》き上げつつ、そのまま覆い被さってくる。

（うおお……お、おっぱいが……）

裕司の胸筋のあたりに、ブラジャー越しのたわわなふくらみが、ムギュッと、しなるほど押しつけられる。

少し広げた太ももにも、女のムッチリした太ももがからみついてきた。

「ああ……き、気持ちいい……おばさんの身体……」

しっとりした肌のなめらかさや、ムチムチの脂の乗った太ももの弾力がたまらなかった。裕司も手を伸ばして可南子を抱きしめ、すべすべの背中を夢中で撫でさすった。

「フフ……初めてってホントみたいね。いいのよ、私の身体でいっぱい気持ちよくなって。たくさん出しなさい」

耳元で妖しく囁《ささや》かれて、裕司は身震いした。

（たくさん出しなさいって……私の身体でっ、て……おばさんに射精してもいいってこと……？）

いつも優しい友人の母から淫らな言葉を囁かれると、どうしたらいいかわからないくらいに昂ぶってしまう。

可南子はウフフと耳元で笑うと、しっとりと汗ばんだ手で、裕司の熱い胸元をまさぐった。

「裕司くん、細いのに引きしまっているのね」

しなやかな指が、男の乳頭をいじりまわしてくる。裕司は唇をきつく引き結んで、震えながらもむず痒《がゆ》さをこらえる。

「ンフ……敏感なのね」

可南子の長い舌が首筋から喉仏を通って、胸板をねろっと舐め這ってきた。

「……ッ」

温かく、唾液でぬめった美熟女の舌でくすぐられ、裕司はゾクッと身体を震わせる。可南子はいっぱいに広げた舌腹で、続けざまに乳頭をちろちろと舐めながら、再び勃起を握ってくる。

「う……あぁ……」

肉棒の根元を握られた瞬間、ペニスの奥の方に快美な電流が走った。同時に乳首を舐められたくすぐったさも入り交じり、大きく腰を浮かせてしまう。

「女の子みたいね」

可南子は乳首を舐めながら、上目遣いに裕司を見る。

「くっ……うう……」

身体が震えて、うまく答えられなかった。

裕司は天を仰ぎつつ、ハアハアと呼吸を荒くして喘《あえ》いでいたが、

「アッ……！」

思わずうわずった声を発し、背を大きくのけぞらせてしまう。

可南子の指がペニスの裏筋をこすったからだった。そのまま、細指はキュッと

剝き身の肉竿の先端をやんわりと包み込み、先っぽから根元までをじっくりとシゴいてくる。

「お、おばさん……くぅぅ……き、気持ちいい……」

「こういうことされるのも、初めて？」

裕司はあわあわとした顔をしながら、こくこくと何度も頷いた。

見れば、可南子の巨乳がゆさゆさ揺れ、その向こうではピンクのパンティに包まれた大きなヒップが、物欲しげにくいっ、くいっと揺れている。

そんな悩ましい四十二歳の熟女に陶酔しきっていると、可南子は「ウフッ」と可愛らしく笑い、身体をずりずりと下げて裕司の股間に顔を近づけてきた。

「ウフフ、おしおき」

甘い声で媚びるように言うと、ルージュの引かれた赤い唇が開き、薄ピンクの舌が伸ばされる。

「うぉぉ……」

裕司は歓喜の声をあげて、すぐに奥歯をぐっと嚙みしめた。

敏感な切っ先に、ざらりとぬめった舌が触れる感触があった。

裕司はたまらなくなって身悶えつつ、怒張をビクッ、ビクッ、と脈動させてしまう。

（お、おばさんの舌が……洗ってないチ×ポを舐めるなんて）

あまりの卑猥さに心が躍る。

だがそれで終わりではなかった。

可南子はちらっ、と上目遣いに裕司を見てから、ふうっ、とため息をつき、怒張に口元を寄せながら赤い唇を大きく広げた。

「んんんっ……」

裕司はくぐもった声を漏らし、目を白黒させた。

生温かく蒸れた柔らかな口内部に、亀頭の先が包まれていく。見れば自分のいきり勃った切っ先に、可南子の唇が被っていた。

（おばさんが、僕のを咥《くわ》えてるッ……これ、フェラチオだ）

自分のチ×ポを麗しい友人の母の口に頬張られた、という事実だけでも、頭が痺《しび》れそうだったが、もちろん咥えるだけじゃない。

可南子は大きく頬張ったまま、ゆっくりと顔を前後に打ち振った。

（うぐっ……ううっ、や、やばい、なんだこれ……）

ぷるんとした柔らかな唇で、勃起の表皮をずりゅ、ずりゅ、とこすられると、早くもペニスの芯が熱くなって、四肢の先までがぶるぶる震えるほど、気持ちよくなっていく。

「ううっ……だ、だめですっ！」

尿道に熱いモノがこみあげてきて、裕司は思わず叫んだ。射精前のあの甘い陶酔を感じて、裕司は腰をよじらせる。

そんな様子を上目遣いに見ていた可南子は、ちゅぱっと肉棒を吐き出して、

「んプッ……なにがだめなの？　おばさんのオクチに出してもいいのよ」

とろんとした双眸と目尻の下の泣きぼくろが、たまらなく色っぽい表情をつくる。

（オクチに出すって……口内射精ってことか。おばさんの口の中に、あの生臭くて、どろっとした精液を……）

想像しただけで、興奮に打ち震える。

「だ、だめです。昨日とかオナニーしてないから、すごくいっぱい出そうだし」

「あら、いいのよ。ウフフ。でもお顔は、オクチに出したいって感じで嬉《うれ》しそうだけど……というか、そっか、毎日自分でしてるのね」

「え……あ……」

思わず自慰行為の頻度をしゃべってしまい、裕司は真っ赤になって狼狽える。

「可愛いわ。ねえ、私のもいじって」

裕司の足下にしゃがんだ可南子が、髪を掻き上げながら甘えるように言う。そしてこちらに背を向けるようにして、仰向けに寝そべる裕司の胸を跨《また》いだ。

（え、なにを……？）

可南子は裕司の上に覆い被さるようにして、四つん這いになる。

（シ、シックスナインだ！）

男女がお互いの性器をイジリ合う、いやらしい体位だということは知っている。まさかその体位を自分がするとは思わなかった。

可南子が腰を後ろに突き出してきた。目の前に薄ピンクのパンティに包まれた大きな美尻がじりっ、じりっと迫ってくる。

ものすごい光景だった。

すぐ目の前に、パンティからハミ出すほどの肥大化したお尻がぷりん、ぷりん、と揺れている。

裕司はこくっと唾を呑み込み、震える指で目の前にあるパンティの基底部を、ワレ目にそって上下にいじくった。思ったより柔らかく、指が軽く沈み込んでい

く。さらにねちっこく撫でると、

「あっ、あんっ……や、いやっ……」

可南子は勃起を握りながら声をあげ、尻をこちらに向かって突き出し、くなくなと揺らしてきた。

その仕草が、まるでもっと触ってとおねだりしているように見える。裕司は夢中でクロッチをさする。薄ピンクの基底部が湿ったような感触になり、ツンとするような甘酸っぱくも、生っぽい臭いが漂ってきた。

獣じみた酸味の強い臭いがして、ついにはクロッチに舟形のシミが浮いてきて、裕司はドキッとした。

「おばさん……これ、濡れて」

「え？」

可南子が驚きの声をあげ、自身の右手をパンティの底に伸ばす。

触れた瞬間に彼女の指がとまり、次の瞬間、可南子は手のひらを大きく広げて、自分のパンティのシミを覆い隠してしまう。

「だ、だめっ……これ違うのよ」

可南子が肩越しに、真っ赤な顔でこちらを見つめてくる。

なんともいやらしい困り顔だった。裕司はもっと困らせたいと、その手を引き剝がして、指で可南子のパンティの丸いシミをいじくった。

「あっ……い、いやっ」

尻を向けつつ四つん這いで裕司に覆い被さっていた可南子は、濡れジミを隠そうとする。しかし逃がしたくなかった。裕司は可南子の手を押さえつけながら、そのシミに中指を突き立てた。

「んんっ」

可南子が苦悶《くもん》の声をあげ、腰を震わせる。そして同時にしがみつくように裕司の勃起をキュッと握ってきた。

「くぅ……」

こみあげてくる刺激をやり過ごしながら、裕司は可南子の濡れジミを指で強くこする。

するると、ぐちゅぐちゅといやらしい音がして、

「ああ……あああっ」

と、可南子が感じいった声を漏らし始め、腰がくなっ、くなっ、と横揺れし始める。

「……初めてなのに、裕司くん、いやらしい……ンンッ」

お返し、とばかりに可南子がまた屹立を咥え込んだ。

「うお……ッ！」

シックスナインの格好で咥えられたまま、口中で敏感な鈴口を舌であやされ、裕司は声をうわずらせて背を浮かせる。

「ん……ふ……」

可南子が甘く鼻声を漏らし、緩やかに顔を上下させた。裕司の上でムッチリした肢体が弾み、ブラジャー越しのおっぱいも揺れている。

（ああ、これすごい）

生温かな口の中でおしゃぶりされているだけでなく、まるでアイスキャンディーのように幹や鈴口までも舌でぺろぺろと舐めあげてくる。

清楚でおっとりした友人の母でも、やはり経験豊富な人妻なのだ。可南子はお尻を振りながら、裕司の勃起を絶妙な力加減で責めたててくる。

（くうう、出そうだ）

だが目の前には、欲しがる人妻の悩ましいヒップと、薄いパンティ一枚に隠された濡れきった女性器がある。

もっと責めたかった。裕司はこらえながら、目前のパンティのクロッチ部をつかんで、横にズラした。

（おおっ……これがおばさんの……おま×こ……）

濃い陰毛の奥に、ぷっくりとした肉の土手があって、その真ん中に貝のヒダのような花唇が見える。

わずかに色素の沈着もある肉びらの奥に、ピンク色の狭間《はざま》がぬめぬめといやらしく光っている。

そっと手を伸ばして広げれば、とろーりとした蜂蜜のような愛液があふれてきて、外側の肉土手までも蜜にまぶされていく。

裕司は息を呑み、初めて直接見る女性器のいやらしさに震えた。

見つめているだけで、屹立がびくんびくんと猛烈な脈を打ち硬くなっていく。

「ああん、口の中でオチンチンがびくびくって大きくなったわ……そんな、じろじろ見ちゃだめよっ」

肩越しに可南子が「めっ」と子供を叱るときのような顔をする。

だけど、ぐっしょり濡れた美しい人妻のおま×こを目の前にして、見るなというう方が無理だ。

パンティを横にズラしながら、人差し指で濡れきった花びらを捏《こ》ねまわす。

裕司の指でもみくちゃにされたビラビラが蜜にまみれ、ねちゃねちゃと猥褻《わいせつ》な音を立てる。

「あっ……あんっ……」

敏感な部分をいじられた可南子が、かすれ気味の甘い声を漏らし、裕司の上でぶるぶると震えた。

(感じている！　僕の指でおばさんが感じたんだ……)

目の前でおっきなお尻が、ぶわわんと揺れている。

裕司はハアハアと息を漏らし、中指も加えて二本の指でねちっこくワレ目を立て続けにいじる。と、軽く嵌《は》まるような穴があり、くっ、と指に力を入れれば、ぐにゅりと奥に指が埋もれていく。

(うわあ、ぐっしょり)

二本の指を挿入した可南子の内部は、熟れきった果実のように、どろどろにとろけていて、熱い蜜がぬたぬたと指にまとわりついてくる。

「ああっ……うう……」

指を奥まで突き入れられた可南子は背を反らし、シックスナインの体勢のまま裕司の脚にしがみついた。

気持ちいいのだろう。感じてくれているのだろう。

裕司は感動しながら本能的に指を抜き差しした。

ぬちゃっ、ぬちゃっ、と蜜の音が卑猥に響き、可南子の奥の襞《ひだ》が挿入した指を食いしめてくる。

「んふっ、んんっ……」

いやがっていた可南子だったが、指をぬかるみで何度も穿《うが》っていると、甘い吐息が漏れ始めて、ぐいぐいと腰をせりあげて、もっともっととねだってくる。

（触って欲しいんだ。ようし……）

裕司は息を飲み、自分の顔を秘部に近づける。

淀《よど》んだ女の愛液の臭いが、ますます怒張をいきらせる。

鼻息荒く、裕司はズラしたパンティの横から、ぬるっ、としたピンクの狭間を舐めあげる。

「はぅぅ……！」

可南子の腰がビクッと震える。

裕司はそんな彼女の様子に驚きつつ、肉ビラの中心を続けざまに舐めた。

ぬめっとした粘着性の愛液が舌にまとわりつき、ぴりっとした酸味のあるチーズのような味がする。

(これが、おばさんのおま×この……愛液の味)

汗ばんでいる丸いヒップに手をかけつつ、裕司はさらに舌を目一杯伸ばし、花裂を上から下から、ねろねろとなぶってやる。

「あぁぁあ……だ、だめっ……あぁんっ……」

可南子は悶え、肩越しに泣きそうな顔を見せてくる。目尻の下の泣きぼくろと相俟《あいま》って熟女のしどけない色気をいっそう感じさせる。

(あの優しそうな、おっとりしたおばさんが、こんなにエッチな顔を見せてくるなんて)

裕司は揺れる尻を引き寄せ、狭間に顔を入れてさらに念入りに舐めた。

「くっ……あぁん」

可南子が背中を弓なりにしならせる。

汗ばんできたのか、甘酸っぱい臭いが女の甘い柔肌の匂いに混ざり、たまらない淫臭をかもしだす。

(もっとだ、もっと感じさせてやる)

四十二歳の人妻である可南子が、自分の拙い愛撫《あいぶ》でも感じた様子を見せてくれている。

たまらなくなって、もっと舐めた。

そのときだった。

裕司の下腹部に異変が起こった。

勃起が、温かな潤みに包み込まれたのだ。

「うぐっ……」

裕司は秘部を舐めていられなくなり、口を離して全身をびくつかせた。

「お、おばさんっ……ああ、そんな深く咥えるなんて……すごい」

ペニス全体が粘膜に包み込まれる快楽に、裕司は天井を仰いだ。

シックスナインの体勢でフェラチオされ、切っ先は麗しい熟女の喉奥に当たっている。

さらには舌でねっとりと裏側を舐められ、唇でキュッとしぼられると、腰がとろけそうなほど気持ちよくさせられてしまう。

可南子はさらに、

「ん……んんっ……」

と鼻奥で悩ましい悶え声をあげ、ピッチをあげて頭を振り始める。

(ああ……射精させる気だ)

熱のこもったシックスナインでのフェラが、今までのゆったりした口愛撫とはまるで違った。

「むふん……んん」

切なく鼻を鳴らし、口腔《こうこう》全体で勃起をしぼり立ててくる。

「う、うあっ……」

目の前で大きな尻が扇情的に揺れていても、あまりの気持ちよさに裕司は愛撫もできずに悶えることしかできないでいる。

可南子の舌遣いや唇の動きは濃厚さを増し、じゅるるる、と音を立てて吸引されれば、腰が甘く痺れ、射精感がこみあげてくる。

「ああ……だめだ……出ますッ」

裕司は腰を震えさせた。いきなりだった。熱い樹液が切っ先から迸《ほとばし》る。会陰が引き攣《つ》り、全身が強張った。

「むふっ、んんっ……んんっ」

可南子は苦しげな声を漏らしながらも、勃起を口から離さなかった。

首を伸ばして見れば、可南子は裕司の太ももに手を置いて、目をつむりながら白い喉をこくっ、こくっ、と動かしていた。

（おばさんっ……呑んでくれた……僕の出した精液を）

ぼうっとした目で、その悩ましい光景をじっと見た。ようやく射精が収まり、まるで魂が抜けたように裕司は脱力して、ベッドに仰向けの大の字になった。

ようやく可南子は咥えていたペニスを外して顔を起こし、裕司と視線を合わせてにっこりと微笑《ほほえ》んだ。

3

「気持ちよかった？」

下着姿の可南子が、同級生の母親に戻ったような、慈愛に満ちた微笑みで見つめてきた。

「は、はい……こんな気持ちいいの、初めて……」

裕司はまだ起き上がる気力もなく、ただ呆然《ぼうぜん》と可南子を見つめている。

すると彼女の口端から、白い粘着性の体液がツウーッと垂れる。呑み込みきれなかったザーメンの残滓《ざんし》だ。裕司は目を丸くした。

可南子はハッとして慌てて自分の口元を手で隠し、ベッドにあったティッシュに手を伸ばして何枚か抜き取り、恥ずかしそうに口元を拭った。

（ホントに、おばさんの口の中に出したんだ……）

自分の出した欲望の塊を、可南子が吐き出すことなく呑んでくれたことに、男としての嬉しさがこみあげてくる。

だが、それと同時に虚《むな》しさが募った。

（まさか、これで……終わり……？）

裕司は身体を起こし、恨めしそうに可南子を見つめる。と、可南子はその顔を見ておかしそうに笑う。

「なあに、そのお顔」

「だって……これが一回？　それならもっとガマンすればよかった……」

しょげていると、可南子はやれやれといった感じで言う。

「いいわ。おばさんが最初でいいなら……あっ……」

可南子はベッドに座り、裕司の股間をちらっと見つめてクスッと笑った。

「……やだわ、もう。嘘《うそ》でしょ？　二十歳の男の子って、こんなにすぐに続けられるの？」

見れば、唾液や精液で濡れ光る屹立が、もう半勃ち状態まで回復している。

「おばさんの、その……おっぱいとか見ていたら……またムラムラってしてきちゃって」

裕司が正直に言うと、可南子ははにかみつつ、ベッドにあがった。

目尻の泣きぼくろと、とろんとした大きな目が、裕司を色っぽく誘う。

「若い頃はもっと張りがあったんだけどね、やっぱり大きいとどうしても垂れちゃうのよ」

額の汗を拭ってから、可南子はうつむきながら両手を背にまわした。

ブラジャーのホックが外れ、肩紐《かたひも》がずれて大きなカップがくたっ、と緩む。可南子は恥ずかしそうにしながら腕からブラを抜き取った。

（うわっ、で、でかっ……）

解き放たれた白いふくらみを目のあたりにして、裕司の息がとまった。

服の上からでも、DカップとかEカップとかそれくらいあるんだろうなと想像していたが、そんなものではなかった。

押さえつけるもののなくなった双乳は、わずかに左右に広がって垂れ気味ではあるものの目を見張るほど大きく、それでいて下乳に張りがあるから、乳首がツンと上向いていた。

透き通るような白い乳肌に、ピンクの乳暈《にゅううん》が映える。アラフォーでこんなに張りがあって綺麗《きれい》なおっぱいというのは珍しいのではないだろうか。

「あんまりジロジロ見ないで、恥ずかしいわ」

可南子は照れながら顔をそむけている。その熟女の恥じらいと、使い込まれていない美巨乳が、なんとも美熟女の清楚さに拍車をかける。

「そ、そんなことないです」

二十歳に若返った母親の乳房よりも張りはないが、大きさはこっちの方が大きいと感じた。

グラビアアイドルのように量感たっぷりの白いおっぱいに圧倒されていると、可南子は仰向けになっている裕司の横で、添い寝するように寝そべってくる。乳房は仰向けになっても、ぷるんとした丸みを誇示している。

裕司はガバッと彼女に覆い被さり、震える手でふたつの乳房に手を伸ばす。

丸い下乳の部分からすくうように持ち上げる。ふにょ、とした柔らかな乳肉に指が沈み込んでいく。

（ああ……柔らかい）

ぶるんとした柔らかな肉のしなりと、ずっしりした重みがたまらなかった。軽く力を入れただけで、形がひしゃげるのもたまらない。

裕司は手のひらに収まりきらない、つきたての餅のような軟乳を夢中になって揉みしだいた。

「ん……あんっ……やだっ」

可南子は人差し指の背を口元に持っていき、目を閉じて軽く嚙み、恥じらい顔を隠すように横を向く。

（感じている……おばさん、おっぱい揉まれて、感じている……）

裕司はその様子を見て、もっと感じさせたいと指を移動させ、ピンク色に透き通るような可愛い乳首をキュッとつまみあげた。

「んっ……！」

可南子は指を嚙んだまま、ビクンッと背を弓なりに反らす。

乳首に指が触れるたび、彼女の眉間に悩ましい縦ジワが寄り、

「ん……ん……」

と、身体を震えさせる熟女がなんとも愛《いと》おしく見える。

「気持ちいい……？」

おずおずと訊《き》くと、可南子は目の下をねっとり赤らめながら、裕司をとろんとした目つきで見つめてきて、

「ええ……気持ちいいわ。ウフフ、男の子って、おっぱい好きよね。いいのよ、おばさんのおっぱい、好きなようにしても」

震えるような言葉をかけられ、裕司は思いきって赤ん坊のように無邪気に突起にしゃぶりついた。

「あんっ……！」

可南子が甘い声をあげ、顔をぐぐっとのけぞらせる。

チュッ、チュッと吸い上げながら、舌先でねろねろと舐めまわせば、それとわかるほどに口中で乳頭が屹立していく。

「おっぱいの先が、硬くなってきた」

乳首を吐き出して、イタズラっぽく見つめれば、可南子はウフフと笑って、

「もう、この子は……恥ずかしいこと言わないで」

と髪の毛を指ですいてくれながら、顔を自分の乳房に引き寄せる。

「ん、んふ」

むにゅう、とおっぱいに顔を埋められて、息ができなくなる。しかし酸欠でもおっぱいに顔を挟まれるという男の夢の気持ちよさが勝り、勃起が硬く滾る。

（ううう……たまんない、おっぱいで窒息したいっ）

熟女のおっぱいのたわみを顔全体で感じつつ、少し離してからまた乳頭を吸い立てた。

「あぁぁぁぁ……」

可南子の声のトーンがさらにあがり、呼吸が荒くなっていく。

さらに舐めていると、甘い女の匂いが濃くなっていき、おっぱいが汗ばんで、しっとりした触り心地に変わっていく。

「い、いいわ……ああん……裕司くん、上手よ」

おっぱいを愛撫しながら可南子の様子を眺めていると、余裕を見せていた彼女の雰囲気が、少しずつ切羽つまっていくのがわかった。

最初は、

「あ、あ……」

と押し殺すように小さな声を漏らしていたものの、今は、

「ああんっ……はあああっ……」

と、気持ちよさそうに喘ぐのだ。

（ああ、すごい。感じているぞ……もっとエロい顔を見せて、おばさん）

すでに一回射精したことで、さっきよりは幾分落ち着いて可南子の様子をうかがうことができる。

（アソコも同時にいじってやる……）

裕司は左の乳房にむしゃぶりつきながら、右手を下ろしていって、可南子のパンティに指をかけた。

一瞬だけ可南子の身体が強張ったが、すぐに協力的にお尻を浮かせてくれたので、スムーズにパンティを脱がすことができた。丸まったパンティを足先から抜いて右手に握る。

熟女の脱ぎたてパンティは、生温かく湿っている。

持って帰りたかったが、さすがに怒られるだろうとベッドの端に置き、右手を股の間にくぐらせ、亀裂に指を押し這わせた。

「ああんっ！」

可南子が激しく腰を震わせる。

そこはもうさっきのシックスナインのとき以上にびっしょり濡れており、太ももまでも愛液で湿っている。

「こ、こんなに濡れるんだ……」

裕司が感極まってぽつり呟《つぶや》くと、可南子は顔を横に振った。

「ち、違うのよ。私がそういう体質なの」

と言う可南子は、顔を真っ赤にして慌てた表情をしている。

それが本当かどうかなんて童貞の裕司にはわからなかった。だが、自分の愛撫で感じてくれていることは間違いなかった。

がぜんやる気になって、肉ビラに入れた指をビブラートさせると、

「いやっ……そんなにしたら……だめっ、あっ……あっ……」

可南子はいやいやをしつつも、背中をしならせる。続けざまに女芯を指でいじくっていくと、彼女はハアハアと息を荒らげて、いよいよ腰をせりあげてくる。

「ああん……上の方も触って……あああん」

裕司は言われたとおり、肉溝の上部に指を移動させる。小さな突起のようなものが指腹に当たった。

（ああ、そうかクリトリスだ……）

裕司は人差し指の先で、小さな肉の豆をコリッと引っ掻いた。

「くぅっ！」

とたんに可南子が激しく身悶えし、大きなヒップを揺らした。

(すごい、やっぱりクリトリスって、感じるんだ)

続けて指でこすったり、つまんだりすれば、可南子は「あっ……あっ……」と切なそうな声を漏らし、くなっ、くなっ、と悩ましげに腰を揺する。

身体をズリ下げていき、足を開かせて、今度は舌で舐めた。軽く触れただけで、

「あっ……アアアアッ！」

可南子は苦悶の表情を浮かべ、細顎をぐーんとせりあげる。

(すごいっ、おばさん、こんなにエッチな顔に……)

苦しげに眉をたわめている美貌が、たまらなくエロかった。

汗ばんだ頬に、ミドルレングスの艶髪が張りついている。

上気した表情がなんとも艶《なま》めかしく、裕司はそんな可南子を見ているだけで、もう限界まで欲情してしまった。

「ああ……あの、おばさんっ……」

可南子の股の間から顔をあげ、彼女にすがるような目を向ける。

赤らんだ顔をした可南子は裕司の顔を見て、「ウフッ」と色っぽく微笑みかけ

てくる。

「シタくなったんでしょ？　ああん、私も欲しくなったわ」

可南子の開いた足の間にいた裕司は、彼女の恥部から顔を離して、改めて彼女のヌードを眺めた。

ムッチリと肉づきはいいが、ボディラインに緩みはまるでなかった。乳房やヒップは豊かで、腰はキュッとくびれている。

大きな双眸と整った顔立ち。かなりの美貌で、しかも二十歳の子供がいるとは思えないほどに若々しい。

（ああ……本当に、おばさんが筆下ろしの相手だなんて）

おそらく最初はノーマルに正常位がいいのだろう。

戸惑いつつ、可南子の太ももの後ろをすくうように持ち上げて、左右に開かせる。

閉じ合わさっていた花弁が開き、ねっとりと糸を引いているのが見えた。部屋の明かりを浴びて桜色の粘膜がいやらしく照り光っている。

裕司は心臓をバクバクさせながら、M字に開いた可南子の両脚の合間にひざまずいた。

（こんなヌルヌルした狭いところに、入るのか？）

不安と期待の入り交じった複雑な感情のまま、怒張をつかんで、可南子の濡れ溝に押し当てる。

だが切っ先が膣孔《ちつこう》に触れない。当たりをつけた場所に、入れる孔がないのだ。戸惑っていると、下から可南子がすっと手を出して、いきり勃ったものをつかんで導いてくれる。

「ここよ」

言われた場所は思ったよりも下だ。切っ先が軽く嵌まった感触があった。思い切って腰を進めると、エラの張った怒張が、狭い入り口をヌルッと広げていく感触がある。

息をつめて勃起を押し入れると、温かな蜜と肉のぬかるみに、ぬぷぅぅぅと、亀頭部が包み込まれていく。

「ぁああ……！」

可南子が眉根を寄せて低く呻いた。

背中が反りかえって、たわわなおっぱいが目の前で揺れ弾む。

（は、入った……）

自分の性器が女の中に嵌まり込んでいる。

ジーンとした感動と、震えるようなドキドキで頭がいっぱいだ。入れながら裕司は深呼吸した。腰に力を入れる。ようやく少し正気に戻った。

可南子の膣内は異様に熱く、どろどろしている。もっと奥まで入れれば、柔らかく肉襞がうねうねとうねって、男性器を内部に引き込もうとする。

（き、気持ちいい……）

これがセックスなんだと感動しつつ、腕立て伏せの格好で両手をベッドにつき、覆い被さるように腰を押し出すと、

「んっ、んんっ！」

可南子が身体を強張らせ、手を伸ばしてきて裕司の腕をギュッとつかんだ。裕司は慌てて身動きをとめる。

「い、痛かったですか？」

訊くと、可南子は目をつむったまま顔を横に振った。

彼女は目を伏せたまま少し逡巡《しゅんじゅん》し、それからゆっくりと、恥ずかしそうに裕司を見つめてきた。

「違うのよ。その……裕司くんのが、思ったより……その」

かなり言いにくそうで、可南子は口を噤《つぐ》んだ。

「その……なんですか？」

裕司はなんとか聞き出したいとじっと可南子を見つめる。

やがて可南子は怒ったように、小さくため息をついてから、

「……その……キミのが大きいのよ。だから、びっくりしたの。さっきオクチに入れたときも思っていたんだけど……」

恥ずかしそうに横を向いた熟女の美貌が、耳までピンクにねっとり染まっている。

「そ、そうなんですか？」

ドキドキしながら尋ねれば、可南子はコクンと小さく頷く。

（そうか、そうなんだ……）

ちょっと嬉しくなった。やはりどうせなら、相手に気持ちよくなってもらいたい。

裕司は可南子を見つめながら、グッと太幹を突き入れた。

「ああっ……だ、だめっ！」

可南子は叫んで両手を裕司の背中に伸ばし、しがみついてくる。

（やばい、おばさん、可愛すぎるっ……うっ！）

可南子の膣内の粘膜が、きゅっ、きゅっ、と分身を食いしめてくる。生き物のような膣襞のからみつきがあまりに気持ちよくて、裕司も可南子を抱きしめて、ため息をついた。

「おばさん、気持ちいい……すごい、おばさんの中がうねってる」

可南子の耳元でうっとり囁くと、彼女は甘い息をこぼしながら、

「私も……気持ちいいわっ。ああん、やだっ。すごい、オチン×ンが、びくっ、びくって、私の中で疼《うず》いている……あんっ」

可南子が腰をよじるので、膣肉がさらにギュッとしまる。裕司はたまらずグッと腰を入れてしまう。

「あんっ！　だめだってば……動かないでっ。ああん……こんな若い子に……しかも初めての子に、追いつめられるなんて、恥ずかしいったら……ねえ、ちょっとだけ待っていて。お願い」

可南子は乱れた息を整えようと、小刻みな呼吸を繰り返している。

（僕が追いつめている？　おばさんを……なにもしてないのに……でも、大きいってのは本当なのかな）

比べたことなんかないけど、人妻に言われれば自信も漲《みなぎ》る。

「いいわ」

耳元で可南子が囁いてきた。

少し身体を離して、可南子の顔を見た。先ほどまでのつらそうな表情が、少し柔和に崩れて微笑んでいた。

「動かしていいわ。ねえ、初めてがホントに私でよかった？」

「もちろんです。おばさんが感じた顔、可愛かったし」

言うと、可南子が目を細めて睨《にら》んでくる。

「……へ、へんなこと言わないで。やだもう、見ないでっ。ああん……ホントに初めてなのよね」

可南子はシーツをつかんで顔を隠そうとする。

そうはさせまいと、裕司は可南子の両膝を持ち、さらに大きく開かせて腰を突き入れた。

「あああっ！」

可南子はシーツをギュッと握ったまま、ビクンッと痙攣《けいれん》する。

膣肉がペニスの根元をギュッとしぼってくる。ぽうっとなった。気持ちよすぎて加減なんかわからない。
ただただ奥に向かって、夢中で腰を突き入れた。
「あんっ、そんな……いきなり、ああんっ、だめっ、ああ、あああッ……」
揺さぶられながら可南子が喘いだ。
たわわなおっぱいが、ぶわんぶわんと目の前で暴れ、ふたりの汗が飛び散って
シーツにいくつもシミをつくる。
裕司はハアハアと血走った目で、正常位で貫かれている可南子を見る。
人妻は細眉をたわめ、つらそうに目をつむっている。
パンパンと打擲音《ちょうちゃくおん》をさせながら、奥まで貫くたび、
「あんっ！　ああんっ、あんっ、あっ……あっ……」
と甲高く甘い声を短く奏で、どうにもできない、といった泣き顔を裕司の前に
さらけ出している。
(女の人って、感じてくると、こんなにいやらしい表情をするんだ)
可南子の目尻の泣きぼくろが、さらに色っぽさを助長させる。裕司はもっと突
いた。揺れるおっぱいに指を食い込ませて揉みしだき、前傾して尖《とが》る乳首をチュ
ウゥと吸い立てる。

「ああっ……あああっ、やだっ……うそ……、奥まで、奥に当たっているっ……ああん、だめっ、だめっ……」

言いながら、可南子もぐいぐいと腰を使ってきた。

熱くぬめった媚肉《びにく》でペニスを圧搾され、尿道に欲望のとろみがこみ上げてくるのが感覚でわかる。

「う……あ……」

たまらなくなって、可南子をギュッと抱きしめて唇を奪った。

可南子も背中に手をまわし、「ううん」と唸《うな》りながら、舌を差し出してくる。

ねちゃねちゃと唾液の音をさせるほど、いやらしいディープキスをしながらも、腰を何度もぶつけまくった。

ぐちゅ、ぐちゅ、と果実がつぶれるような音が、結合部から漏れ響く。ふたり汗まみれで、いやらしい臭いがまとわりついている。

膣肉からは可南子の愛液がしとどに漏れて、裕司の太ももの付け根までもびっしょり濡らしている。

「ハァン……いい、いいわ……裕司くん、気持ちいいっ……いいの……私、イキそう、イキそうよっ……ああ」

キスをほどいた可南子が、切羽つまった声をあげる。裕司は戸惑う。

（イクッて……嘘……おばさんを、イカせる……僕が……）

うんと年上の熟女をよがらせているという征服感に、早くも射精衝動がこみあげてくる。

もっと味わいたいと思うのだが、生き物のように収縮する人妻の膣内が気持ちよ過ぎて、今にも爆《は》ぜそうだ。ぐいぐい突き上げるたびに甘い陶酔感がふくらんでいき、身体がブルッ、と震え出す。

「あ……ああっ……だめだっ……僕ももう出ちゃいますッ！」

イカせたい、その思いよりもこのふくらみきった欲望を放出したかった。可南子を見る。彼女は上気した顔でこちらを見つめ返してきて、

「ああ……いいのよ、ガマンしないで。好きなときに出しなさい。おばさんも、大丈夫だから、ね」

大丈夫というのは妊娠のことだろう。それが時期のことなのか、なんなのか、まったくわからないが安心した。

もうガマンできなかった。

「あ、ああっ……で、出るっ……」

全身がブルブルと震えて、足先が攣った。切っ先がじわあっ、と熱くなって精液が迸り、有無を言わさず可南子の膣内に注ぎ込んだ。

「ああ……おばさん……」

霞《かすみ》がかった目で可南子を見る。彼女も見つめ返してくる。

「あんっ……いっぱい……きてるっ……裕司くんの熱いのが……ああんっ」

可南子もビクッ、ビクッと震えていた。

（中出ししてる……僕が、友達のお母さんにっ……いいんだよね）

初めてのセックスは夢のようだった。

暴発は長く続き、やがて出し尽くしてしまうと全身が気怠《けだる》くなって、可南子に体重を預けるように突っ伏してしまうのだった。

第四章　お嬢様の手コキと嫉妬

1

朝になり、疲れた身体《からだ》を引きずるようにして裕司は家に帰った。

股間がまだズキズキしている。

友人の母親である可南子とは、そのままラブホテルに泊まり、朝起きてからもセックスをした。

昨晩は緊張していたものの、一晩経《た》てば少しだけ余裕が持てて、自分から可南子を積極的に抱くことができた。

なんだかロールプレイングゲームで一足飛びに二十ぐらいレベルアップした気

分だ。気持ちは晴れやかだった。

「ただいま」

裕司は玄関で声をかけたが、母からの返事はなかった。

（あれ？　出かけている？　鍵はかかってなかったけど）

リビングに入ると、テーブルに美少女が座っていてギョッとした。

「なんだ、いるんじゃない」

裕司がパーカを脱ぎながら言うと、まだパジャマ姿の母は、くりっとした可愛《かわい》らしい目を細め、じろりと睨《にら》んでくる。

「どこに行っていたのよ、連絡もしないで」

セミロングの美少女が鋭く言う。

「どこって……友達の家だよ。だって母さん、早くにソファで寝ちゃったじゃないか」

と言い訳しつつも、昨日のことを思い出して身体が熱くなる。

酔って寝ている若返った母を半裸にして、写真を撮った。あのデータは今もポケットのスマホに保存してある。しかもだ。その姿にムラムラして、友人の母であり、母親の友達である可南子と初セックスをした。

「ふーん、友達の家ねえ」

母は言いながら、じっとこちらを見つめてくる。

そのまま一言も発さない。

妙な空気が流れている。裕司は思わず目を逸《そ》らした。

(可南子さんとエッチしたなんてバレたら…きっと不潔とか言われて怒られる。平然としてなけりゃ……落ち着け。何か話題は……ん？)

重苦しい雰囲気を変えようと、裕司は口を開いた。

「なにその本。『戸籍について』って……」

「ああ、これ？」

ようやく母は睨むようなきつい表情を、ふっと緩めた。

ページを開いて見せてくれる。

覗《のぞ》き込むと『戸籍のない子どもたち』という見だしが書いてある。

「日本で戸籍がない子なんているの？」

「いるのよ、ＤＶの旦那さんと離婚した奥さんが、その旦那に知られたくないから戸籍を取らないことがあるって」

「へえ」

言われても、ピンとこなかった。そこで母は続ける。

「私ね、ウチの父親と母親……あなたのおじいちゃんとおばあちゃんには本当のことを話そうと思う。まあ、この容姿を見れば、いやでも若返ったと思うでしょうけど……それで相談するの。新しく戸籍を取れないかなって」

「へ？　戸籍を？」

裕司が驚いた顔をすると、母は小さく頷《うなず》いた。

「うん……だって、もしずっとこのままなら、いろいろ考えなきゃ。就職して、お金を稼いで」

「結婚して、家庭を持って……とか？」

裕司が真剣な顔で言う。美少女となった母は驚いた顔を見せた。

「何を言っているのよ。あなたの母親であることに変わりはないんだから」

そう言う彼女が、なんだか今までと違って見えた。

目の前にいる美少女が、急に他人のように見えた気がしたのだ。

でもそれは錯覚だった。こんな可愛らしい姿になっても、母は母だ、と裕司は自分に言い聞かせる。

「……大学に行ってくるから、ちょっとシャワー使う」

裕司は服を脱ぎながら、リビングから出ようとする。そのまま服を洗濯機に放り込もうと思ったのだ。

しかし、裕司が上を全部脱いだところで、

「ちょっとやめて。こんなところで脱がないで」

母が後ろから声をかけてきたので振り向けば、なんだか目を逸らして赤くなっているように見える。

高校生くらいの女の子が、男の裸を見て戸惑っているように見えたのだ。

（まさかな……）

自分の息子の裸を見て、赤くなるわけがない。

それともだ。

もしかしたら、肉体と心にズレが生じてきているのだろうか。

この関係は、この先いったいどうなるんだろう。

大学に行ってから、受けようとしていた授業が休講だったことを思い出した。

仕方なく食堂で珈琲《コーヒー》を飲んでいると、突然目の前にチラシが差し出された。

サークルの温泉旅行である。すっかり忘れていた。

顔をあげれば、サークルの先輩の岡崎美里《おかざきみさと》が腰に手を当てて、尊大に立っていた。

「み、美里先輩ッ」

「ずいぶん久しぶりねえ。早く出欠の返事を出しなさいって言ったでしょ」

彼女は何も聞かずに裕司の隣に座る。

岡崎美里は大学のひとつ上の先輩で、聞くところによると、大きな企業の社長令嬢らしい。

確かに白のハイネックニットに、パステルカラーのフレアミニスカートが、女子アナを思わせるお嬢様らしい上品な格好で、先入観かもしれないが、首元のネックレスや持っているバッグも、なにやら高価そうに見える。

「すみません、忘れていまして……」

ぽつりと返事をすると、美里は切れ長の目を細め、身体を寄せて睨んでくる。

「で？　行くの？　行かないの？　ここまで引っ張って、まさか行かないなんて言わないわよねえ」

「行かない、と言っちゃだめなんですか？」

「キミ、土日に別に用事なんかないんでしょう？」

ひどい言い草だ。裕司はどうも美里が苦手だった。

美人ではあるのだが、性格は高慢でわがままである。自分の思い通りに行かないと機嫌が悪くなる。

「ねえ、ちゃんと言いなさいよ。どうなの？」

ぐいと身体を寄せてくる。甘い吐息が首筋にかかる。右腕に張りのあるおっぱいが押しつけられて、裕司はドキッと胸を高鳴らせる。

「い、行きます、行きますから。その……あんまりくっつかないで」

これ以上おっぱいを押しつけられたら、股間がテントをつくりそうだった。

だが美里は拒絶されたと勘違いしたらしく、ムッとして、上目遣いにジッと睨んできた。

（なんなんだよ……）

裕司はわけもわからずたじろいでいると、

「あれえ、美里先輩。おう、裕司もか」

背後から声がして、裕司は慌てて居住まいを正した。振り向くと透のほか、サークルのメンバーもいた。

「この人も行くって、温泉旅行」

美里がツンツンした態度で言う。

「え、珍しいな。マジか」

透が言った。他の男たちや女の子たちも驚いている。

(まあ驚くよなあ)

裕司は童貞だったから、今まではちょっとそういうイベントには気後れしていた。しかし、今は、美人の人妻に筆下ろししてもらって心に余裕がある。

と、今朝のことを思い出しているときだ。

「裕くーん!」

見ると、若返った母が裕司の前で手を振っていた。

裕司は軽くコーヒーを噴き出した。

みなが、ビクッとして裕司を見つめる。

「なにやってんだよ、おまえ……え?」

紙ナプキンでテーブルを拭きながら、透が固まった。他の連中もみな、その美少女に視線を奪われている。

母の綾乃が、いや、今は従妹の綾が、ミニスカートにニットという格好で現れて、スマホを取り出して裕司に手渡した。

「これ、忘れてったでしょう？　連絡取る時、困るんじゃないかと思って」

「えっ？　あ、ああ……」

呆然《ぼうぜん》とした。なんでこんなところにいるんだ、ということよりも、母が大学にいても、まるっきり違和感がなかったからだ。

「あ、あの……裕司の知り合いなの？」

透がおずおずと綾に訊《き》いた。

「ああ、透くん」

母は口にした瞬間、まずい、という顔をして、ちらりと裕司を見た。

透がにわかに驚いた顔をする。

「え？　知ってるの？　俺のこと」

「え、ええ……裕くんから聞いていて……従妹の綾です」

母は軽く頭を下げた。その瞬間にニット越しの巨大なふくらみが、ゆっさと揺れる。男たちはみな、そのおっぱいや、ミニスカートから伸びる太ももに、いやらしい視線を注いでいる。

裕司はカアッとなった。見るな、エッチな目で見るなっ。

「ありがとうな、綾。じゃあ、気をつけて帰れよ」

裕司がつっけんどんに言うと、その場にいた男たちが「まあまあ」と言い出した。

「せっかく来てくれたのに、あ、俺、なんかおごりますよ」

「座って座って」

「裕司くんにはいつもお世話になっていて……」

男たちが明らかに浮き足立っている。現金なやつらだ。美里が男たちの様子を見て鼻白んだ顔をしていた。

母には帰れと目配《めくば》せするが、関係ないとばかりに裕司の隣に座る。チヤホヤされるのが嬉《うれ》しそうだ。

「この大学？　違うよねえ」

同級生が綾に訊く。綾は、

「別のところ。ほら、裕司くんのお母さんが倒れたでしょ。だから代わりに彼の身のまわりのことを……」

男たちが「え？」と色めき立った。

「え、じゃあ今は、裕司の家にふたりきり……」

「……まあ、そうねえ」

「マジ？　それって、ちょっと……」

裕司はそこで慌てて遮った。

「いやいや、ちょっと待て。家族みたいなもんだから。勘違いするなよ」

裕司は母をじっと睨んだ。母はニコニコしている。

「ねえねえ、綾ちゃんっていくつなの？　しっかし、裕司の母さんによく似ているなあ、若返ったみたい」

珈琲を持ってきた透が訊いた。裕司はドキッとする。

母は裕司と同い年だと告げた。矢継ぎ早に質問が来るも、とりあえずは当たり障りのない答えに終始している。

裕司は母親の強心臓ぶりに舌を巻いた。というか、馴染《なじ》みすぎだろ……。

話している途中に、母がふとチラシを手に取った。

「サークルの温泉旅行……ふーん」

すかさず透が、あっ、そうだと膝を打つ。

「綾ちゃんもさあ、温泉来ない？　裕司も来るからさ」

母は、裕司はまた珈琲を噴きそうになった。むせる裕司の背中をポンポンしながら、

「え、裕くんも行くの？　私も……ついてっていいの？」

と、まんざらでもない声を出したので、裕司はまた睨んだ。

(どういうつもりだよ。まさか、ついてくる気……？)

裕司が「綾は来られない」と断ろうとしたときだ。

「ちょっと待ちなさいよ、勝手に。これウチの大学のサークルの旅行でしょう」

隣の美里が冷ややかに言う。

だけど透は、

「いやー、去年もほら、他校の子いたじゃないですか。人数多い方が楽しいっすよ」

と怯《ひる》む様子はない。

「あの、すみません。本当にいいんですか？　あら、すごい綺麗《きれい》な人。モデルさんかなにか？」

母が美里に向かって言う。

「別にモデルなんかやってないけど……」

仏頂面で返す美里は、ちょっと機嫌が直ったようだ。男たちも美里を次々と持ちあげると、彼女はあっけなく丸め込まれてしまった。

（意外と単純なんだな……）

もっと理知的な人間だと思っていたが、そうでもないらしい。

帰りしな、裕司はハアとため息をついた。

「ねえ、なんで温泉ついてくんの？　本気？」

並んで歩く美少女の母に、不機嫌丸出しで言った。

「いいじゃない、久しぶりに大学生してみたいなあって。だめかしら」

きらきらした目をした母に返されると、裕司も何も言えなくなる。

2

東京から箱根《はこね》に向かうマイクロバスの中では、隣に座る透から、綾のことを根掘り葉掘り聞かれた。どうやら透は綾のことを気に入ったらしい。

なんだか妙な気分だった。

あれは母親なのは間違いない。でも、なんだか「綾」というひとりの人格の気がしてくる。

バスの中で裕司は後ろを振り向いた。

母と美里が並んで座って笑い合っている。

見た目は美少女でも中身は四十二歳のおばさんだ。上手《うま》い具合に美里の機嫌を取っているらしい。まさに年の功というやつだろう。

山道をバスが抜けると、山間《やまあい》にある小さな温泉街に出る。

バスが停《と》まってそこに降りれば、大きいがちょっと古めかしい木造の旅館があった。老舗《しにせ》旅館らしい。

とりあえずは部屋に行って荷物を置き、夕食までは自由となった。

まあ母と一緒にいた方がいいんだろうなと、マザコンみたいなことを思いながら部屋に向かう途中で、美里に腕を引っ張られて囁《ささや》かれた。

「ねえ、あとでちょっと散歩しない？　あの子に内緒で。ちょっと彼女のことで話があるのよ」

ドキッとした。

美里が母親のことを知るわけない。だが、簡単にはスルーできない、どうしても気になる台詞《せりふ》だった。

「わかりました」

「じゃあ、ＬＩＮＥするから。バレないようにね」

切れ長の目で見つめられると、ゾクゾクしてしまう。

エレベーター前で母がちょいちょいと手招きした。

白のカットソーの上に、ピンクのジャケット。そして花柄のフレアスカートが可愛らしくて、もう完全に女子大生といった装いだ。先日のアムラーよりはかなりマシになった。

「裕くん、これからどうするの？」

まわりを見ながら、母が小声で囁く。

「部屋で寝るよ。バスの中、透がうるさくて全然寝られなかったし」

母に嘘《うそ》をつくのはちょっと忍びなかったが、仕方ない。

「そう。じゃあ、夕食の時ね」

母は大きなバッグを持って女性陣の部屋に向かう。

裕司も部屋に行き、透たちからまた「綾」のことを訊かれる前に、散歩してくると部屋を出た。

スマホの画面を見れば、美里は旅館の裏庭の入り口にいるという。

（また面倒なところだな）

こっそりと裏にまわってみれば、寒々しい孟宗《もうそう》の藪《やぶ》があった。

一応は小径《こみち》があるものの、入ってみればまだ肌寒いせいか、散歩しているお客もいなかった。

ここでいいのかな、と思っていると、すぐに美里がやってくる。

美里はニットが太ももまでを隠す、ニットワンピースを身につけていた。これが実にエロくて、改めて見てドキッとした。

悩ましい丸みのおっぱいの形も、腰のくびれも、お尻のキュッと小気味よくあがった扇情的なラインも、ニット越しにばっちり浮きあがって、ほとんど見えてしまっているようなものだ。

さらにニットの裾からパンティストッキングに包まれた太ももが見えていて、これ絶対にしゃがんだらパンチラするだろうなと、よからぬことを考えてしまう。

「おまたせ」

美里は裕司の前にくると珍しく微笑《ほほえ》んだ。

化粧が濃いめだから、いつもよりも色っぽい。

栗色《くりいろ》のセミロングの髪に、涼やかな切れ長の双眸《そうぼう》。スッと通った鼻筋と、グロスをひいたのか濡《ぬ》れて見える、ぽてっとした厚い唇。

性格は傲慢で高飛車だけど、見た目は社長令嬢らしく品があり美しい。それでいて、エロい。

裕司は思わず唾を呑み込んでしまった。

「なんですか。綾のことで話って」

顔が火照るのがわかる。視線を逸らしながら訊いた。

「あの子とふたりで住んでいるって、本当？」

美里がじろりと睨んでくる。思っていた話と違って、裕司は戸惑った。

「いや、それは行き掛かり上、仕方なくっていうか……いや、でもホントに何もないですよ。従妹ですから」

「わからないわよ、キミ、すごくいやらしいから」

「は？」

彼女は近づいてくると、手のひらで、すっと裕司の太ももの付け根を触ってきた。

（え？）

裕司は目を丸くして、美里を見る。

「わかっているもの。今、会ったときも私の胸や太ももを見たでしょう？　私と会ったとき、目を逸らすフリしてよく見ているわよね」

ギクッとした。女性は視線に敏感だと聞いていたが、ここまで見られていると
は思わなかった。

「い、いや、それは……でも関係ないじゃないですか、綾の話とは」

「関係あるわよ。いやらしいんだから、ムラムラして従妹だって襲っちゃうこと
もあるでしょう？　そういう悪さをしないためにね」

美里のほっそりした手が、股間の屹立《きつりつ》した部分をギュッと握った。

「うっ……く！」

ズボンの下で性器が硬くなり、股間を大きく押し上げる。

「な、なにを……」

驚いて彼女を見れば、クールな美貌がわずかに赤らんでいた。

恥ずかしそうにしながらも、ふくらみを覆う手が小刻みに動いている。

「まずいです……ちょっとやめて」

腰を引こうとするも、美里のもう片方の手が裕司の尻の方にまわって、押さえ
つけていた。

そうして、すりすりと敏感な部分をこすられ続けると、あっという間に股間が
硬くなってしまう。

「こんなにカチカチになって……やめてなんて嘘でしょう？」

美里の涼やかな瞳が、イタズラっぽい輝きを放つ。

いつもはツンツンして、男なんて眼中にないといった雰囲気なのだが、まさかこんな色っぽい表情をするなんて。

（え……）

見つめていると、彼女は裕司に寄り添うように身体を密着させ、ベルトに手をかけた。手際よく外し、ジーッと音を立ててファスナーを引き下ろす。

（嘘！　えっ、え？）

美里がズボンとパンツに手をかける。ちらりと目が合って、彼女は真っ赤になって顔を伏せた。

けして慣れている感じではないのが、逆に興奮を煽《あお》り立てる。

（ど、どうして……なんで美里先輩が僕にこんなこと……）

どういうつもりかなんて、女性経験ひとりの裕司にはわからない。

パンツを剝《む》き下ろされる。屹立がバネみたいに飛び出した。肉棒はまったく萎縮なんかしていない。

「なっ」

裕司は慌てて隠そうとするも、美里にその手をどけられる。なにがなんだかわからないが、こんな美人にからかわれるなら、もうそれでもいいと、叱られている子供みたいに抵抗をやめる。

「やだ……ちょっと。キミのって大きくない？」

美里が下を向いて驚いた声をあげつつ、露出した男性器を握った。

慣れてはいない感じだが経験はある、という手つきで、巧みにひねりを加えながら、包皮を伸ばすようにキュッ、とシゴいてくる。

「くう……や、やばいですよ。誰かに見られたら」

と焦った顔を見せるも、ひりつくような快感が襲ってきていて、本音ではやめて欲しくないという気持ちになっていく。

イチモツがビクビクと脈動し、寄り添う美里が足下にしゃがんで、上目遣いに潤んだ目で見つめてくる。

「私、男の人にしてあげたことなんてほとんどないんだから。毎日、キミがすごくいやらしい目で見てくるんだもの……私……」

長い睫毛《まつげ》を瞬かせながら、しゃがんだ美里が、いよいよ本格的に右手でゆるゆるとシゴいてきた。

「んん……」

（うう、美里先輩に……こんな場所でエッチなことしてもらっている……）

もう頭の中が真っ白だった。

くすぐったさに似たムズムズが、ペニスを熱くさせていく。たまらなくなって裕司はハアハアと喘《あえ》ぎをこぼし、立ったまま腰をガクガク震わせる。

やがて勃起を握るしなやかな指に力がこもり、美里の息づかいが乱れてくる。それを隠すように、彼女はイタズラっぽい顔をして見上げてきた。

「どうなの？　気持ちいいんでしょ」

「ううっ……やばいです、出ちゃいそうで。でも、どうしてこんな……」

「そんなことといいのよ。あっ、やあん、先からオツユが」

下を見れば、鈴口から透明なガマン汁がこぼれて美里の手を汚していた。怒られるかな、と思っていると、彼女はウフフと笑った。

「キミはあの子じゃなくて、私だけをエッチな目で見てればいいのよ」

「え？　おおう……！」

信じられなかった。美貌のお嬢様が、大きな口を開けて己の亀頭を、かぽっと咥《くわ》え込んだのだ。

「うっ……ッ」

裕司は歯を食いしばった。

温かな潤みにじんわりとペニスが包み込まれていく。

恥ずかしいのか、口元を握った手で隠しているが、大きく頬張る美人の咥え顔を見ているだけでドキドキがとまらなくなる。

お嬢様がさらに奥まで咥え込んだ。

「く！」

あまりの気持ちよさに、裕司は天を仰いだ。寒々しい林の中で、分身だけが温かい女性の口の中に包まれている。天国だった。

美里がふんわりとウェーブした栗色の髪を揺らしながら、ぷっくりした唇で亀頭部を咥え込み、ゆったりと動かしてきた。

「んふっ、らして、いいはよ……」

咥えながら、美里が言う。

「出していい」と言ったらしい。その言葉通りに美里がまるで追い立てるように、フェラしながら裕司の勃起を舌でいじってきた。

敏感な尿道口を舌でちろちろとくすぐりつつ、奥まで咥え込んでくる。

（うう……ぬるぬるして、あったかくて……チ×ポがとけていきそう）

口中に包まれた勃起の芯が疼《うず》いている。

「んぷっ……いやだ、オツユがすごく濃くて、エッチな味がする。スケベなオチン×ンね。どうせひとりでシコシコばっかりして、たまっているんでしょう？　いやらしい味させて、もうっ」

勃起を吐き出した美里は、ウフフと笑って、上目遣いに裕司を罵ってくる。だけどそんな風に言われる方が、余計に興奮してしまう。

「いやだ、また大きくなった。いやらしいって言っているのに。この変態っ」

叱責しながら、彼女はまた亀頭に唇を被せてくる。

「んっ、んっ」

鼻から甘い息を漏らしながら、令嬢が唇を滑らせる。引き攣《つ》るような痛みが会陰に走り、思わず腰を引きそうになる。

「くうう、うう、すす、すみませんっ……でも、そんないやらしい僕のチ×ポをおしゃぶりするなんて……どうして……」

言うと、咥えながらお嬢様はジロッと睨んできた。だがすぐに妖艶な笑みを漏らし、目の下を赤らめながら、口の中で裕司の亀頭の先を舌で舐《な》め転がす。

（ああ、とろけそう……脚に力が入らない）

ねっとりとした粘膜にこすられて、ゾクゾクする快楽が押し寄せてくる。切なさと心地《こち》よさに、震えながらハアハアと息を漏らす。

「んんっ、んふっ……んんっ、んんん」

そんな裕司の様子を見て、美里のおしゃぶりにさらに熱が籠もる。

じゅるるる、とヨダレをたっぷり泡立たせると、唇の端から唾液が漏れる。肉茎はもう美里の唾液まみれだ。

前後に顔を動かすと、柔らかな栗髪が揺れ、さらさらした前髪が陰毛や下腹部をさわっ、さわっと撫《な》でてくる。

ふっくらとしたお嬢様の唇が、唾液で濡れ光る肉棒にからみつきながら、前後に妖しく動いている。

「んん……んん……」

息苦しいのか、甘い息が何度も陰毛にかかり、ずちゅ、ずちゅ、という唾の音が立ちのぼる。

（き、気持ちいい……）

ニットワンピースの裾はズレあがり、光沢あるパンストに包まれた太ももが露《あら》わになっている。

美里は地面に膝をつき、汚れるのもかまわず、膝立ちの体勢で顔を前後に打ち振って、裕司の男性器を美味《おい》しそうにしゃぶっている。

そのお嬢様の様子は男性への奉仕にしか見えない。生意気な社長令嬢を従わせているような優越感に裕司は打ち震える。

視線を感じたのか、美里が咥えたまま上目遣いに見上げてきた。

頰を窪《くぼ》ませ顔を打ち振りながら、眉根を寄せている。

整った美貌は汗できらめき、目の下から頰にかけ、ねっとりしたピンク色に染まっている。膝立ちしているから、踵《かかと》の上にある尻が、じりっ、じりっ、と横揺れしているのが見えた。

（しゃぶりながら……美里先輩も興奮している……）

勃起が硬度を増した。ひりつく欲望が尿道口までせりあがってきていた。

もう射精しそうだ。だがこのまま出すだけでは惜しい、という贅沢《ぜいたく》な気持ちが湧きあがってくる。

下を見れば、美里のニット越しのおっぱいが揺れていた。悩ましい丸みを見ているとと自然と手が伸びて、ふくよかなバストを触ってしまう。

「んっ！」

美里が咥えながら睨んでくる。

「何をしているの」と、切れ長の目が訴えている。

だが、怒られるかなと思っていたら、美里はすました顔で、そのままおしゃぶりを再開した。

（いいんだ、触っても……）

普段だったらビンタでもされているだろうが、おそらく彼女も昂《たか》ぶっていたのだろう。

裕司はおずおずと右手を、美里のVネックの襟元に滑らせた。

「んぅ……！」

美里がビクッ、と震えた。ブラジャー越しの乳房の温かさに、裕司はハッとした。手袋もしていない手だから冷たかったのだ。

「す、すみません。でも触りたくて」

言い訳しながら、そのまま手のひらを、ブラジャーの上端から滑り込ませ、直《じか》におっぱいを握った。

「んん……」

美里が震えた。ブラカップの中のふくらみはしっとり温かく、それでいて弾力たっぷりの柔らかさだった。

（うわあ……これが美里先輩のおっぱい……）

たまらなくなって揉《も》みしだいた。

乳頭は寒さなのか感じているのかわからないがカチカチだった。それを中指と人差し指でこりこり転がすと、

「んんんぅ……」

美里が咥えながら見上げて、ふるふると横に首を振る。

見たこともない切なそうな表情だった。「ダメッ、したくなっちゃう」とでもいうような、切羽つまった雰囲気だ。

「感じちゃいましたか？」

嬉しくなって軽口を叩《たた》いた。しかし、それはプライドの高いお嬢様の癇《かん》に障ったようだ。

「んぷっ……そういうこと言うのね、キミは」

言うと、美里は激しく顔を打ち振ってきた。先ほどよりも大胆に、舌を使って竿《さお》を舐め、右手で睾丸《こうがん》まで揉みしだいて責め立ててくる。

「う、うわっ……あっ……だめです。出ちゃう」

咄嗟《とっさ》に腰を引いて、美里の口から勃起を抜こうと試みた。

だが美里はそれを許さずに、裕司の尻に手をまわして押さえつける。

「え……あっ、くうう……だめっ、で、出るっ」

寒々しい林の中で、熱い昂ぶりが尿道口から暴発した。

「んんん！」

美里がつらそうに眉間にシワを寄せる。小便の解放感とは比べものにならない、熱い欲望が、頬を窄《すぼ》めた美里の口の中を満たしていく。

（うわっ……美里先輩の……お嬢様の口中にザーメンを注いでるっ）

断続的に射精が続き、腰がとろけて頭の中で火花が散る。

見れば美里の目の下がねっとりと赤く染まり、鼻がひくついて開いている。

量が凄《すご》かったのか、驚いて見開かれた双眸がうるうると潤んで、やがて決心したようにギュッと閉じられた。

「……んふっ……んんっ」

甘い吐息を漏らして、美里の喉がこくんと動いた。

（の、呑んでるっ。僕の精液を……あの美里先輩が……）

こく、こくっ、と白い首の筋が動き、裕司の白濁を喉から胃に収めているのがはっきりと見えた。

「あ……ああ……」

やがて射精がやみ、ぶるっと腰が震えた。身体に力が入らなくて、そのままへたりこみそうになって軽くよろけた。

目をつむって、こくんと最後まで嚥下《えんげ》した美里が、ゆっくりと立ちあがって、ニットの乱れを直す。

「フフ。これでとりあえずは、あの子を襲わないわね。ねえ、もっとしてあげるから私だけを見ているのよ。わかった？」

美里はフフと笑うと、しなだれかかってきて裕司の耳元で甘い言葉を囁いた。

3

温泉旅行の夜は、裕司も含めた男たちの部屋が飲み会の場所になっていた。

「いやー！　強いなー、綾ちゃん」

透たちが、美少女姿の母のまわりにいて、はやし立てている。

母はアルコールに弱い。だがそこは年の功。飲んだフリをして、うまく誤魔化していた。

(これなら大丈夫だな……)

裕司は缶ビールに口をつけながら、ほっとした。

母が酔っ払って、しどけない姿を見せるのではないかと思っていたからだ。

母はジャージの上下と地味な服装であるものの、やはり胸のふくらみは隠しようがなく、先ほどから男たちの舐めるような視線にさらされていた。

なんだかこうしていると、母というよりも可愛い同級生だ。

あれは母親だぞ。

あれはママだ。

あれは自分の肉親だ。

だけど、
そう思っているのは自分だけじゃないか?

誰か別の人間を見て、無理矢理そう思い込んでいるだけじゃないのか?

なぜだろう、そんなことを考えるといつも頭の奥の方がズキッと痛む。

「私、疲れちゃった。もう寝るね」

夜も十一時をまわろうというとき、美里が立ちあがった。

お疲れ様と頭を下げたとき、美里が自分だけにわかるように小さく目配せしてから部屋を出ていった。

（やっぱり、昼間のこと本気なんだな……）

裕司は全身をカアッと熱くさせた。

昼間、裏の林でフェラチオされたあと、美里は「ねえ、夜にふたりきりで会わない？」と誘ってきた。

彼女は、昼間以上のことをしてくれると言った。それはもうセックス以外にありえない。どういうつもりか、いまだによくわからないが、とにかくこのチャンスを逃したくない。

ちらりと母を見た。もし抜け出したら、どう思うだろうか。

いや、そこまで干渉する権利はないぞ。相手が美里ならば自由恋愛だ。

（ここで、母さんのこと、忘れるチャンスだよな）

見た目は美少女で、裕司のもろタイプである。有り体に言えばヤリたかった。

だが当然のことながら、血の繋《つな》がった親子という事実がブレーキをかけている。

けして報われることがないのだから、もうすっぱりと諦めた方がいい。

また頭が痛くなった。

母のことを考えたからか、飲み過ぎたのかはわからない。

だけど、ちょうどよかった。

「悪い、頭がぼうっとする。ちょっと横になってくる」

裕司は透に言い、襖《ふすま》を開けて隣の座敷に行く。こちらの部屋には布団が人数分敷かれていて、先に寝たい人間は寝てもいいと、みなで最初に決めていた。

ただまだ誰も寝ていなかった。

裕司は奥の布団に入った。少し時間をおいたら、こっそり抜け出そうと思っていた。こちらの部屋からも廊下には直接出られるから、隣の部屋を通らなくていい。別に裕司がいなくなっても、誰も気にもとめないだろうし、ましてや美里との仲を勘ぐる人間もいないだろう。母以外は。

それにしても、美里はどういうつもりなのか。しばらく考えて、おそらく母への当てつけなんだろうな、という結論に達した。そう思ったら、哀《かな》しいけどちょっと気が楽になった。

少しばかりビールを飲んでいたから、電気を消した薄暗い部屋で布団にくるまっていると眠くなってきた。隣の部屋から漏れる声が、ちょうどいい感じに子守歌みたいに聞こえてくる。

うつらうつらしていた。そんなときだった。

誰かが足下の方から布団に入ってくる感触があったので、ハッとした。布団をのぞけば中から、甘い女の匂いが漂ってきた。

最初は美里だと思っていた。

だが、もぞもぞと上にあがってきた少女は見るからに小柄で、それでいて押しつけられているおっぱいが大きすぎた。

母だった。

「な、なにしてんだよ」

小声で囁き、襖を見た。わずかな隙間から明かりが漏れている。裕司も布団に潜った。母が布団の中で身体をこすりつけてきて見上げてくる。

「懐かしいわねえ、こうして一緒に寝るなんて」

美少女となった母がウフフと笑う。裕司はカアッと身体が熱くなり、着ていたジャージの下が強張《こわば》るのを感じる。

「いや、ちょっと。まずいよ。こんなところバレたら、あいつらに殺される。あいつら、今のこの姿の母さんのこと、本気で好きらしいし」

「裕くんはいいの？　それで」

「えっ？」

薄暗い布団の中で、アイドルのような大きくて可愛い双眸が、裕司を真っ直ぐに見つめている。裕司も見つめ返した。

「ど、どういう意味……？」

「これから、あの子のところに行くつもりだったんでしょう？　あの美里ちゃんっていう綺麗な子」

ずばり当てられて、鼓動が速まった。

「な！　だ、だからって……母さんには関係ないだろ」

「あるわよ」

言いつつ、母はわが子を愛《いと》おしそうに抱きしめてくる。

押しつけられるジャージ越しの大きなおっぱいの感触と、柔らかな肢体がたまらない。母だとわかっているのに、股間が硬くなるのをとめられない。

「……私のこと、好き？」

ジッと見つめてくる。囁く声が耳をくすぐる。心臓がバクバクと高鳴る。裕司は唾を呑み込んだ。

「そ、それは、もちろん……母親だし……」

「違うわよ。異性としてよ。あなた、その……可南子さんと関係を持ったでしょう？　たまたまね、私の知り合いがその場面に通りかかったの。すごく親密そうだったって。ラブホテル街で。そうなんでしょ？」

「え……い、いや、それは……」

裕司は言葉につまった。そうか、朝帰りしたときに、母がなんとも言えない表情をしていたのは、そういうことだったのか。

「私を襲っちゃいそうになったんでしょ。それも知ってる。だからって、あの子のところへ行くわけ？　遊ばれるわよ、あなた。美里ちゃんは私に嫉妬しているだけなのよ」

「そんなのわからないじゃないか」

ムキになって、少し声がうわずってしまった。裕司はハッとなって布団の隙間から襖の向こうを見るが、盛りあがっているようで誰も気にしてこちらに来る様子はない。

しかし、なぜ母はこんなことを言うのだ？　これではまるで嫉妬じゃないか。

嫉妬？

裕司は母を見る。少女にしか見えない母が、乱れ髪の隙間から潤んだ瞳で見つめてきていた。

「わからないの。おかしいを通り越して、異常だと思うけど……きっとこんなに若返ってしまって、母親としての母性本能が薄くなったのかもしれない……あなたが他の女性と会っていると思うと、つらくて泣きそうになるのよ」

おかしいと思う。自分も異常だと思う。しかし、あふれる感情は抑えようがない。

「か、母さん……ママ……」

布団の中、裕司は背を丸めて顔を寄せ、母の唇を奪った。

「んっ！」

少女が呻《うめ》く。だが抵抗はなかった。

「綾でいいわよ。いつもの調子で呼ばれると罪悪感が……」

唇を外した母が苦笑した。

確かにそうだ、母の耳元に口を寄せて、

「わかったよ、ママ」

と、甘えるように言えば、母は恥ずかしそうに眉根をたわめて、

「ママじゃなくて、綾……ん、んふっ」

今度は強く、母の唇を塞いだ。

ずっとこうしたかった……という万感の思いを込めて、小さな肉体を抱きしめつつ舌先でちろちろと唇を舐めると、母がおずおずと唇を薄く開く。

(ああ……いいんだね……ママ)

夢心地で少女の口に舌を差し込み、目を閉じた。

ねちゃ、ねちゃと唾液の音を立てながら、母の小さな口の中を舌でまさぐる。

甘い唾液、そして若い女の子の姿とはいえ、母とキスしているという倒錯でうっとりして脳がとろけそうだ。

それに加えて、隣の部屋には同級生たちがいるので、いつバレるかわからないというスリルも興奮に拍車をかける。

「ん……んぅぅ」

母は鼻奥で悶《もだ》え声を放ち、おずおずと舌を差しだしてからめてくる。清楚《せいそ》な美少女でも中身は四十二歳だ。父親以外にもキスの経験は豊富なのだろう。

軽い嫉妬が湧いた。自分だけのものにしたかった。

甘い唾液を啜《すす》り、しっとりした女の呼気を吸いつつ、何度も唇を重ねる。唾液が粘り、糸を引き、クチュクチュといやらしい音が布団の中にこもる。

（ああ、たまらないッ）

目を開ければ、可愛すぎる顔が目を閉じてうっとりしていた。そんな従順な姿がますます裕司の欲望に火をつける。

ディープキスをしながら、おずおずと手を伸ばしてジャージ越しの巨大な乳房をまさぐった。

「んっ！」

母がビクッと震えて、身体を強張らせる。怒られそうで、思わず手を引っ込めてしまう。

しかし母はいやがることなく、キスをほどいてウフフと笑い、

「いいのよ……」

と囁いて、しとやかな少女らしく可愛く微笑んだ。

（いいのよ……って）

頭の中でそのフレーズがぐるぐるとまわっている。裕司は鼻息を荒くしながら、服の上から母の乳房を揉みくちゃにした。同時に激しい口づけをして、舌を吸い

あげた。

「んんっ……んんっ……ああんっ。ちょっと待って、声出ちゃう……」

キスもしていられなくなったと、唇を外した美少女が切なげな顔で見つめてくる。

（か、可愛い……ママってこんなエロい顔をするのか……まずい、可愛すぎる）

また唇を被《かぶ》せて、甘い唾液を啜り呑んだ。抱擁を強めると、腕の中でしなやかな肢体がもじもじと身体をよじらせる。

「ンフ、待って……ママにもさせて……」

長い口づけをしたあとで、母が囁いた。瞳が潤み、長い睫毛を恥ずかしそうに伏せて、布団の中で身体をずり下ろしていく。

すると、すっと手が伸びてきて、裕司のジャージの股間をまさぐった。

「あ、くぅ」

いやらしい手つきで揉まれると、早くも快感がせりあがってくる。布団の中で甘い匂いをさせながら、女の子は「ああん……」と切なげな声をあげる。

「硬くて、熱い……裕くん、こんなに……昔はもっと可愛らしかったのに」

言われて、恥ずかしくなって照れた。だが布団の中で母は、躊躇《ちゅうちょ》なく裕司のジャージと下着を手で下ろした。

（うっ……）

ガチガチに硬くなった分身が、ぶるんと飛び出した。勃起した性器を母に見られるのはたまらなく恥ずかしかった。

しかし母はそんなことはおかまいなしに、ペニスの先端を優しく指で包み込んだ。温かな指の感触が伝わってきて、裕司は布団の中でぶるっと震える。

「くぅっ！　ママ……」

「いいの。なにも言わないで。だめなのはわかっているの……なのに……」

母の手は亀頭のくびれをこすり、竿腹へと下りていく。硬さや太さを確かめるような、いやらしい手つきだった。

「こんなに大きくなるの？　あんっ……」

しなやかな指がすべり、ねちゃ、という粘性の音がした。勃起の表皮がぬるぬるとしている。先走りの汁が漏れてきたのだ。

「ご、ごめん……手を汚して」

薄暗い布団の中で裕司はすまなそうに母に伝える。昼間、美里にフェラチオされた余韻が残っていて敏感になっているのだ。

「もう出したいのね……可愛いわ」

若くなった母は大きな双眸を細めて、妖艶な笑みを浮かべると、ゆっくりと根元からシゴきあげてくる。

「く、う……」

裕司は腰を震わせ、息を喘がせた。

成長ぶりを確かめる母の手ではなく、逞《たくま》しいペニスが愛しい、というような欲情にまみれた手つきだった。分身は母の手の中でビクビクと脈動し、早くも興奮でガチガチに太くなる。

「気持ちいい？」

母が囁く。

「うう、でも、出ちゃいそうだ。布団の中じゃまずいよ」

と言いつつも、布団の外には出られない。

母は勃起をシゴきながら、ふう、とため息をついた。ちらり、裕司の目を見つめ、恥ずかしそうにしているのが、布団を被りながらもなんとなく感じる。そして肩までの黒髪を手で撫でつけ、美貌を裕司の股間に近づけていく。

（おおお……）

思わず腰が浮いた。

勃起が温かな潤みに包まれる。少女のぷっくりした唇がキュッと竿の表皮を絞り立ててくる。

「くっ……ママ」

裕司は布団の中でのけぞった。

母は根元を軽く握ると、唇を滑らせて深く頰張ってくる。咥えられながら鈴口をねろねろと舌でいじられると、電流のような快感が迸《ほとばし》る。

母は横臥《おうが》したまま上目遣いに裕司を見つつ、さらに男根を口内に収めていく。

「んっ……んっ……」

さらに美少女は根元を握った指をシコシコとこすってくる。

セミロングの黒髪が揺れて、太ももや臍《へそ》をさらさら撫でる。指と口が同時に動いて、ペニス全体をゆったり摩擦する。

たまらなかった。

布団の中は熱気と女の甘い匂い、そしてペニスの生臭さが混じり合って、淫靡《いんび》な雰囲気だ。

（女の子の甘酸っぱい、いい匂いがする）

裕司は母の頭を撫で、それから被っていた布団を足でズラし、頬に張りついていた髪を指ですくった。

暑そうだな、というのもあったが、母の舐め顔が見たくなったのだ。

（う……いやらしい表情……）

母の唇は伸びきって眉間にシワが寄り、苦しそうだった。

童顔で美少女のように見える女の子から、口唇奉仕を受けるのはなんとも征服欲が満たされる。しかも実母なのだから、ひりつくような背徳感もあって、たまらない興奮が全身を高揚させる。

「ん！　んふっ！」

見られていることに気づいた少女が、頬をバラ色に染めて小さく相貌を振った。

眉根を寄せて焦った顔がまたキュートで、グーンと射精欲が高まってしまった。

「んんう……」

咥えたまま、美少女が睨んできている。

エッチな顔を見るなんてもう許さない、とばかりにしっかり裕司を抱きしめて、顔を打ち振るピッチを一気に速めてきた。

「くううう、それまずいよ、出る」

裕司が訴えると、母は男根を頬張ったまま、慈愛に満ちた優しい目で見つめてくる。

ジュプッ、ジュプッ……。

唇でこする音が大きくなる。咥えるだけでなく、勃起をちゅるんと吐き出し、こちらを見つめながら舌を大きく伸ばし、ぺろっ、ぺろっと切っ先を舐めあげたりする。

「うう……そ、それ……だ、だめっ」

裕司は唸《うな》った。腰に溜《た》まっていた熱がペニスの先から一気に放出する。白い欲望が、少女の口の中をあふれさせる。

「んんんんっ」

熱い樹液に驚いた母が、目をぱちくりさせながらも、ギュッと目をつむって、こくっ、こくっ、と喉を動かした。

(呑んでる……僕の、息子の精液を……)

腰を震わせながら、その倒錯的な光景を眺めた。一日で二度目のフェラでの射精なんて、もう夢のようだ。

4

射精の律動が収まる頃、美少女はゆっくりと怒張を口から離した。

布団の中に栗の花に似た、オスの精臭が一気に籠もる。

（ああ……気持ちよかった……だけど、これで終わり？）

一度出しただけでは、欲望は収まりきらなかった。

母のジャージ越しの胸の丸みが、目を見張るほどの大きさだった。細くくびれた腰に、ムチムチの太ももとキュッと小気味よく盛り上がったヒップ。スタイルはやはりバツグンだった。

意識はもう、母の身体のことばかりだ。

（いいのよ……）

先ほどの母の寛容の言葉を思い出して、裕司は震える手を母の胸元に持っていく。

「ま、待って……裕くんっ……」

布団の中で母が驚いた声をあげる。

「ちょっとだけ、少しだけ触らせてよ」

「だめよ……もう終わり。だって、隣で騒いでいる子たちが来ちゃったら、まずいでしょう？」

「少しだけだから」

相姦の許しを得ているのだから、もう歯止めがきかなかった。

ガマンできないと、キスしながら母のジャージのファスナーを下ろし、中に着ていたキャミソールをめくりあげる。布団がはだけているから、薄暗い部屋の中で胸元がはだけ、白いブラジャーがあらわになる。

「ああんっ……だめっ、だめってば……ねえ、今度……今度見せてあげるから」

悩ましいふくらみを露出させられて、女の子となった母が恥じらう。

しかし裕司の欲望はもう、簡単にとめられないところまできていた。

母の背に両手をまわしてブラのホックを外す。とたんに巨大な乳房が揺れながら、たゆんとこぼれ出る。

白くたわわな乳肉に手を伸ばした。すくいあげるようにじっくりと揉みしだく。汗ばんで指に吸いつくような、極上の乳肉の触り心地だ。指が軽く沈んでから、すぐに戻るような素晴らしい弾力に陶然となる。

「あんっ、だめだってば……」

少女が布団の中でいやいやと身をよじった。汗の匂いとともに、甘い吐息も鼻孔に伝わってくる。

裕司はずりずりと身体を下ろしていき、薄ピンク色の乳暈《にゅううん》に舌を這《は》わせて舐めまわす。乳首はもうカチカチになって屹立している。

「ああん……」

うわずった声を漏らした女の子が、気持ちよさそうに顎をせりあげ、背中をのけぞらせる。しかしすぐにハッとなって、

「だめえ……」

と甘い声で抗《あらが》ってくる。

「欲しがっているじゃない」

「違うわ、今はだめ……」

そんなやりとりをして、もぞもぞとしていたときだ。

「やべえ、飲み過ぎた」

襖が開いて、誰かが入ってきた。裕司は慌てて布団を被り、ふたりはぴたりと動くのをやめた。

「あれ、誰か寝てる？」

声が意外と近くで聞こえた。

（や、やばい）

抱き合っている母を見た。母もハッとした様子で自分の口を手で覆っている。

じっとしていると、やがて大きないびきが聞こえてきてホッとした。

安堵《あんど》するとともに、イタズラ心が湧きあがってきた。

裕司は再び母の乳首に唇を寄せると、チュウッと吸い立てた。

「あっ……」

身体が痙攣《けいれん》し、すぐに怒ったように見つめ返してくる。

「な、なにをしているの？」

「ちょっとだけ……ちょっとだけならバレないよ」

裕司は言いながら、母のジャージの下に手をかけてズリ下ろした。

「やっ！」

母は慌てて手で隠そうとするも、そうはさせまいと裕司は母を押さえつけて、
太ももを撫でた。

「……だめっ……だめっ」

母が真っ赤に上気した顔をしながら、何度も抗う言葉を囁いた。

（やばい……スリルがたまらない）

ギュッと太ももをつかんで撫でる。太もものしなりを感じて、裕司はさらに大胆に撫でている手をパンティに持っていく。

「ンッ……」

かすかな呻き声をあげた母が、焦った顔で裕司を見て、何度も顔を横に振った。

「だめだってば……」

「だって……いいって言うから……」

裕司は心臓を高鳴らせながら、生温かな秘部を包み込んでいる、パンティのクロッチを指で撫でつける。

「あっ……」

母の唇のあわいから、かすかな吐息が漏れて顎があがった。

指で押せば、少女のワレ目の部分に沿って、柔らかい秘肉がクニャッと沈み込んでいく。湿っているのがはっきりわかった。

（ママ……濡らしている。おしゃぶりで濡れたんだ）

驚きつつ、さらにコットンのパンティを指でこする。

「ん……ん……」

美少女は手の甲を口に押しつけて、漏れ出す声を押し殺していた。

近くで寝ている男が起きる気配はない。だがおかしな声を少しでも出せば、すぐに気づかれてしまう距離だ。

そんな危うい環境で母にイタズラしていることに、ひどい昂ぶりを覚える。母を見れば、ハアハアと呼吸が荒ぶっている。

「だめっ……声……」

母が上目遣いにつらそうな顔を見せてきて、顔を振った。

たまらなかった。

裕司は思い切ってパンティに指をかけてズリ下ろした。

「！……くぅ」

一瞬、母が目を見開いて咎《とが》めるような目をしたが、指が繁みの奥の恥肉に触れると、顔を肩にくっつけてきて、ぎゅっと裕司の腕を握りながら、びくっ、びくっ、と激しく打ち震える。

裕司は中指と薬指の二本で、アヌスから女肉へと続く会陰をこすり、陰唇を上下に撫でつける。

「んん……あああ……ンッ」

母はもう悩ましい声が漏れるのを、抑えられないようだった。

花園から蜂蜜のような愛液がしたたり、指はヌルヌルと滑り心地がよくなっている。その蜜まみれの指で、裕司は女性器の敏感な肉豆もこすりあげた。

「ンッ……あぁん……」

ほっそりした腰がくねり、少女が布団の中で淫らな熱の籠もった息を吐く。

（もうとまらないよ……）

「濡れている……ママ、興奮してるんだね」

言うと、美少女はつらそうに顔を振った。

裕司は震える中指と人差し指で膣穴《ちつあな》の入り口を探り、すぐに見つけてそのまま力を込める。

「あっ……入っちゃう……はぅぅぅ！」

ビクン、と少女の尻たぶが震えた。とろけきった蜜壺《みつつぼ》が、裕司の指をあっけなく呑み込んでいく。

熱い潤みがあふれて、女肉からこぼれ落ちる。

「あっ……あっ……あっ……だめ、いや、いや」

母がかすれた声でつぶやき、全身を強張らせる。しかし口ではいやがっているものの、愛液の量はどんどん増え、指を食いしめる媚肉《びにく》の力も強まっている。

（す、すごいな……）

感じているのは間違いなかった。母も、近くに人がいるというこの状況を、楽しんでいるのだ。もっと感じさせたかった。裕司は布団に潜り込んだ。

「あ……ゆ、裕くんっ」

少女は慌てた声を出す。裕司の顔が下腹部に近づいたのだ。

ムンムンとする熱気と発酵の生臭さにくらくらする。魅惑の秘部に裕司は顔を近づけて、舌を伸ばすと、

「んんんんっ……」

母は唇を嚙《か》みしめて、腰を震わせる。

聞かれてはまずいと、必死に感じた声をガマンしているようだが、包皮に包まれたクリトリスを指でなぞると、

「ああっ……はあああ……いやぁぁ」

母の腰がビクッ、ビクッと震え、ヨガリ声が漏れてしまう。

舐めながら見上げれば、母はハアハアと息を荒らげて切羽つまった表情を見せ

ている。

「はぁぁあっ、あん、んんん……」

興奮して、さらに舐めた。

「もうダメッ、ああ……」

いよいよ母が差し迫った声を上げる。指の出し入れのピッチを速くする、ぬちゃぬちゃ、といやらしい音が布団の中に響く。

締まりのいい蜜壺は、絶頂が近いのかひくひくと収縮を繰り返してきた。

裕司の指が奥まで届く。そのときだった。

「く、あううん……イッ、イク……」

母はくぐもった声をもらしながらも、裕司にしがみついてきて、ビクッ、ビクッと全身を痙攣させた。

(イッた、イッたんだ……)

指で母をイカせた。可愛らしい女の子が、今はとろんとした表情で視線を宙に彷徨《さまよ》わせている。

向こうの部屋からは笑い声が聞こえてくる。裕司は至福に包まれていた。

この関係が、ずっと続いていけばいい……と。

第五章　ママと僕の幸せな日々

1

「俺、綾ちゃんマジで狙うから」

大学の食堂でうどんをすすっていると、透がやってきて真剣な顔で言った。

「綾も忙しいからなあ」

裕司は適当にごまかした。ここ最近、あまり言ってこなかったから諦めたのかと思っていたのに、どうやらまだ未練があるらしい。

「忙しいって、どっかの大学通っているんだろ。何度も顔を見せてれば絶対にチャンスはあるって」

相変わらずポジティブで、見習いたいくらいだった。

温泉旅行についてきた綾＝母は、当たり前だが透たちには一切素性を明かさなかった。そのせいで透たちは「身持ちが堅い箱入り娘」と勝手に勘違いして、さらに熱を上げ始めた。

（まあ、母さんが好きになるわけないけど）

思わず顔がほころびそうになる。

温泉旅行で心がつながってから、裕司が家でエッチなスキンシップをしても、母は怒らずに、受け入れてくれるようになった。

息子を好きになるなんて、と相姦の罪の重さを認識しつつも、女としての悦《よろこ》びには抗《あらが》えないようで、抱きしめるといやらしい女になる。

あの清楚《せいそ》な母がそんな一面を持っていたことに驚くが、母はひとりで裕司を育てていた以前は、人妻だったのだ。

実の息子なのに……そう言って暗くなることもあるのだが、そのときは「若返って、別の女性となったのだ」と自分に言い聞かせて、こみ上げる背徳感をやりすごしているのだそうだ。

「しかし、綾乃さんは大丈夫なのかよ」

急に透が母のことを言い出したので、裕司は一瞬狼狽《うろた》えた。

「え？　ああ、大丈夫だよ」

苦笑いしながらも、暗いものが胸にひろがった。

母はずっとあのままなんだろうか。

もう二度と戻らないのであれば、ひとりの男性として告白すべきだろうか。難しいところだ。一線だけは越えられないのは、その葛藤の表れでもある。

「あ、美里先輩！」

透が手を振った。美里は歩いてくるが、裕司を見てフンとわかりやすく無視して、そのまま通り過ぎていく。

温泉旅行のときから、まだ美里とは一言も口を利いていなかった。まあ、プライドの高いお嬢様の誘いを無下《むげ》にしたのだから当然ではある。

もったいない、とは思うが、裕司に何人もの女性と同時に付き合う甲斐性《かいしょう》なんかあるわけない。

母とイチャイチャしているだけで幸せだった。

裕司が帰ると、母がキッチンに立って夕飯をつくっていた。

美少女姿にはもう慣れたはずなのに、やはり胸がキュンとしてしまう。まるで新婚家庭のような、甘くてピンク色の空間に見えてしまっている。

裕司は部屋で上着を脱ぎ、リビングに戻ってキッチンに立っている母をしげしげと見つめた。

エプロンを身につけた母は、あわいベージュのニットと、フレアスカートという清楚な出で立《いた》ちだ。肩ぐらいまでのボブヘアは漆黒で、小さな丸顔にそのヘアスタイルがよく似合っている。

くりくりした目の可愛《かわい》らしい女の子で、アイドルのような愛らしい顔立ちはいつ見てもドキドキしてしまう。

裕司はキッチンにまわり、シンクの前で料理をする女の子の後ろに立った。たまらなかった。

「ん？　なあに？」

母が振り向かずに答える。

「なんかいいなあと思って」

「もう。何を言っているのよ、手伝ってくれるならいいけど」

母はそのキュートな顔に似合わず、ツンツンした態度をとる。だけど緊張しているようだ。裕司を意識しているのだ。

「じゃあ手伝うよ」

裕司は母の脇から手をまわし、エプロン越しの丸いふくらみをつかんだ。ギュッと指を食い込ませると、若い乳房がその指を押し返す。

「キャッ！　ちょっと、よしなさい。危ないってば」

母は手に持っていた皮むき器を置いて、息子の手を胸から剝がそうとする。だが裕司は指を離さずに、手にあまる大きさの豊乳を揉《も》み込んだ。

「あんっ、よして……揉まないで……くっ」

くすぐったいのか、色っぽい声が漏れそうになるのを必死にガマンしているのが、可愛らしかった。

裕司はたまらなくなって、容赦なく乳房に指を食い込ませる。

「あ、いやっ……だめっ、料理ができないでしょう」

「あとでいいよ、料理なんて。ママのエッチな声を聞きたい」

「だめよ、そんな……あんっ」

裕司の指がエプロン越しに乳首の位置を当て、ぐいと押しつけてくる。敏感な部分をいじくられたらしく、母は甘い声を漏らしてビクッと身体《からだ》を震わせる。

「んんっ！　イ、イタズラはもうよしなさい」

「イタズラじゃないよ。したくなったら、処理してくれるって言ったよね。他の女のところに行かないように」

本気の意味をこめて、硬くなった股間をグイグイと女の子の腰に押しつける。

肩越しに目を細めて睨《にら》んでくるものの、目の下が赤らんで、息もあがってきていた。形のよい眉もキュッと歪《ゆが》んでいる。

「わかったわ。わかったから。どうして欲しいの？　この前みたいにオクチですればいい？」

ドキッとした。もちろんして欲しい。

だけど、それだけではこの興奮は収まらない。抱きしめる母の身体から、女の柔肌の匂いが漂ってきていた。

たまらなかった。

軽いイタズラのつもりだったが、もうとまらない。

「そういう困ったママの顔、可愛いな」

「え？　な、なにを言ってるの……あんっ！」

母が可愛い声で身体を伸び上がらせた。裕司が耳にキスをしたからだ。

そのまま舌を首筋に這《は》わせていくと、

「あっ、あっ……」

と、母の身体がブルブルと震えて、肩越しに見える表情も切なげなものに変わっていく。

肌の甘い匂いが欲情を誘う。うなじまできて、裕司は首筋に強く吸いついた。

「だめっ、キスマークをつけないで。仕事に行くとき、困るわ」

「じゃあ、つけなければ、してもいいんだね」

裕司はじゃれあい、屁《へ》理屈を言う。母が目をつり上げる。

「そういうこと言っているんじゃ……あんっ、だめっ」

首筋にまた唇を這わせ、右手でスカート越しにヒップを撫《な》でれば、とたんに少女の身体が強張《こわば》り、潤んだ瞳で見つめてくる。

「だめよっ、もう……ううん、やめて……」

母は尻を振り立てたが、その仕草があまりにも悩ましかった。

裕司は若い母の弾力あるヒップを撫でまわしてから、その手でスカートをたくし上げていく。

「ちょっと。本気で怒るわよ。やりすぎよ」

母はうわずった声を漏らして、スカートの中に侵入しようとした裕司の手をつかんだ。興奮しきった裕司にはその抵抗すら、焦《じ》らしているように見える。

「やめてあげるから、お風呂に一緒に入ろうよ」

少女が大きな双眸《そうぼう》をさらに見開いて、じっと裕司の顔を見つめてくる。

「約束よ。その……一線を越えることは……セックスはしないって」

「しないよ。一緒に入るだけ、昔みたいに」

裕司がしれっと言うと、母は肩越しに冷ややかな視線をよこしてきた。

「それだけで終わるわけがないでしょう？　裕くんがエッチなのは、もうわかっているんだから……」

言葉が終わる前に、母の手を振り切って、スッとスカートの中に手を入れる。

母は「あっ」と驚いて太ももにギュッと力を込める。

「お願い、そこはだめ……オクチで気持ちよくしてあげるから、もうよして」

「また吞《の》んでくれるの？　僕の精液」

「の、吞むなんて……ああっ」

猥褻《わいせつ》な言葉を裕司から聞かせられたときに、太ももが緩んだ。

裕司は素早く太もものあわいに手を滑り込ませて、パンティ越しに亀裂から尻の桃割れまでをねちっこくなぞり上げる。

「いやあっ……あんっ、裕くん……だめなのにっ……」

沈み込んだ指がパンティに触れると、女の子は肩越しにに泣きそうな顔を見せた。

揺れる腰をつかんで、下着に浮いた亀裂をなぞると、もう咎《とが》めるような表情もできなくなっていく。

背後からいやらしい部分を指でまさぐっていると、少女の身体がわずかに火照り、甘い匂いがムンと濃くなった。股布を触っている指の先が、温かくじっとり湿ってきている。

「湿っているよ、ママのパンティ」

クニクニと指を動かしながら、イタズラっぽく言うと、

「し、知らないっ。知らないわよ」

狼狽える美少女の母がなんともキュートだった。もっといじめたくなって、裕司は指をパンティの布地の上から柔肉に突き刺した。

「あううう……い、いやっ……」

母は悩ましい声をあげて、爪先立ちになり、シンクにつかまりながら背中をぶ

るぶると震わせる。

「どんどん湿ってくるね。これじゃあ、早くお風呂に入らないと……」

裕司は耳元で囁《ささや》き、また首筋にキスをした。

「お願い、もうやめて……ね……あっ、ンッ」

母は唇を噛《か》みしめて、艶《なま》めかしい声が漏れるのをこらえている。美少女がイタズラされている絵だけでも興奮するのに、キッチンという日常的な場所でエッチなことをしているという状況がさらに昂《たか》ぶる。

裕司はいよいよパンティのクロッチを指でズラし、内に指を差し向けた。

「あっ、中はだめっ、あんッ」

母の腰がビクッと跳ねた。しとどに濡《ぬ》れた潤みの中に、ぬぷりと指を挿入する。

「あっ……あああっ……」

美少女の尻が揺れ、身体の力が抜けた。

「あふっ……ゆ、許して……裕くんっ……力が入らなくなる……ああんっ」

ビクッ、ビクッといやらしく母の下腹部が揺れる。可愛い子が、両手でシンクをつかみ、ヒップを震わせている状態を見ていると、それだけで興奮が増した。

（すごい濡れ方だ……）

裕司の指が女穴をまさぐっている。指にからみついてくる大量の蜜と粘り気に裕司は驚いた。

キッチンでイタズラされているというのに、興奮しているのだ。二十歳の女の子なのに、感じ方は成熟しきった女性というギャップがたまらない。

突き入れた媚肉《びにく》はキュッ、キュッと指を食いしめてきて、膣肉《ちつ》の具合のよさを伝えてくる。このまま突き入れたかった。だが、やはり母と子というハードルの高さが裕司を押しとどめた。

母は脂汗を額ににじませ、甘い体臭の中に甘酸っぱいような汗の匂いを立ちのぼらせている。

肩越しに見せるハアハアとつらそうに喘《あえ》ぐ表情が色っぽかった。その表情を見つめながら、後ろから指先をグイと奥まで差し込み、ざらつく天井を指の腹でこすりあげる。

「くぅぅう！」

美少女は驚愕《きょうがく》に目を見開き、ひきつった顔でこちらを睨んでくる。

しかし嫌そうにしていても、蜜の潤いを増していく秘部は言い訳しようがない。

指を出し入れすれば、ぐちゅぐちゅと湿った音が漏れ聞こえる。すぐに母は表情を変え、恥ずかしそうに目を伏せて震えている。

あっという間に指で感じてしまい、蜜を漏らす母親の姿を、息子に知られたという恥じらいが、見え隠れしている。

指を入れたまま、左手を前にまわして乳房を揉みしだいた。

先ほどよりも中心部が硬く、せりあがっているのが服越しにもわかった。愛液の生臭さが、キッチンの湯気と混ざり合う。

「ママ」

興奮にしびれた顔で母を見つめる。肩越しに見えた母の表情は、もう欲しがっているようにしか見えない。

裕司は母を後ろから抱きしめ、唇に口を重ね、舌を差し入れてもつれ合わせた。

「んふっ……んんっ……んん」

母からも積極的に舌をからめてきて、唾液がねばっこく糸を引く。その間にも裕司は指を二本に増やして、中をまさぐる。

膣の上部を二本指でねっとりとりこすると、

「あああっ……あああっ……」

もうキスもできないというほど昂ぶって、少女は背をのけぞらせる。乳房をきつく揉んで、指でしつこく膣肉を愛撫《あいぶ》すれば、母のほっそりした腰がブルブルと震えた。

「お風呂に入ろうよ、ママ」

耳元でまた、ねっとり囁く。

今さら嫌がることもできないという感じで、女の子の母は大きな目を潤ませて、つらそうな顔でコクコクと頷《うなず》いた。

「おま×こが指を締めつけてきたよ。ママも嬉《うれ》しいんだね」

「そ、そんなわけ……あ、あんっ、だめっ……そんなにしたら……あんっ」

指の奥への侵入を、母が感じて大きく顎をそらした。

「感じているところを見せて、ママ」

膣奥に入れた指を大きく前後させる。汗ばんだ太ももがキュッとしまり、エプロンを突き上げる乳房が、喘ぐほど揺れる。

「だめっ、いやらしい声、出ちゃうっ……見ないで、ママを見ないでっ、裕くん」

美少女は震える。さらに指を奥まで入れたときだった。

「あァッ……裕くん……イ、イクッ！」

キッチンに悩ましい声が響く。若い女の子となった母は、息子の腕に抱かれたまま、シンクにつかまり、腰をビクンビクンと大きく痙攣《けいれん》させる。

膣奥に入れた指の根元を、痛いほど締めつけてくる。

強張っていた華奢《きゃしゃ》な肉体は、やがて裕司の腕の中でがっくり弛緩《しかん》した。

2

裕司は湯船に浸《つ》かりながら、息苦しいほどの昂ぶりを感じていた。

湯の中では先ほどから勃起しっぱなしで、怒ったようにそそり勃《た》つ怒張が、湯面に揺れて見えている。

浴室の戸が開いて、バスタオルを巻いた母が入ってきた。

裕司を押し包んでいた湯気がサアッと消える。

タオルの下は一糸まとわぬ全裸らしく、なで肩や腰のくびれ、まろやかなヒップ、むっちりした太ももや細い脚が見えている。

（改めて見ると、可愛いのにエッチな身体をしているんだよな）

成熟した女性になりかけの、柔らかそうな丸みと、女の子の華奢な細身が同居する魅惑的なボディだ。今まで考えていた葛藤が、この裸体を見て一気に吹っ飛んだ。

「洗ってあげるから、ここに座って」

母が風呂椅子を自分の前に差し出し、ぽんぽんと叩《たた》く。

「その前にタオルを取って、一緒に入ろうよ。寒いでしょ」

言うと、母はハア、とため息をついた。

「うう……ホントに恥ずかしいのよ。若々しい肉体になったからって、息子にいやらしい目で裸を見られるのは……もう」

母は言いつつも長い睫毛《まつげ》を伏せ、そっと自分のバスタオルを取ると、うつむきながら浴槽の縁に畳んで置いた。

(うう、すごい……)

ボリュームたっぷりの双乳が、目の前でぷるんと揺れている。

尖端《せんたん》は薄ピンクでツンと尖《とが》っている。下乳を持ち上げている張りがすさまじく、乳首の位置がかなり高い。下を見ればうっすらとした陰毛の奥に小ぶりのワレ目が息づいている。

母は桶《おけ》でかけ湯をしてから、湯船に浸かる。少女が裕司の足の間にちょこんと座る。股間の昂ぶりが母の尻に当たっている。今は濡れないように後ろで結わえた艶髪から、女の艶めかしい匂いがお湯に包まれて漂ってくる。

母がくるりと体勢を変えて、こちらに顔を向けてきた。

くりっとした大きな目が潤んでいた。

「こんなに大きくなっちゃったのね。いつの間にか……幼稚園の頃は、いじめられて、よく泣かされてたわよね」

「なんとなく覚えてるよ」

「でも、私にはあまりわがまま言わなかったし、泣くのもガマンしていたわ。お父さんが早くに亡くなって、苦労かけたのに」

「別に苦労なんて。でも大変だなあって思っていたよ。だからできるだけ母さんの、いや、ママの負担になることだけはやめようって思っていた」

「いい子に育ってくれたわ。エッチだけど」

二十歳の女の子には似つかわしくない、母親らしい台詞《せりふ》をつむいで、母はニコッとはにかんだ。

顔を近づけると、母の方から唇を合わせてきた。両手を裕司の背にまわし、キスをしながら舌を差し出して裕司の唇を舐《な》めてくる。

ちらちらと可愛らしく舐めつつも、裕司が唇のあわいに舌を差し込むと、一転して今度は激しく舌をからめてきた。

「ンン……ンフッ」

小さな鼻息が顔に当たる。甘い呼気や唇の柔らかい感触がたまらない。湯気の中で裕司も夢中でキスをした。

そうしながら、母が湯の中で裕司の屹立《きつりつ》をつかんだ。

しなやかな手でこすられて、分身がさらに滾《たぎ》っていく。

「くうう、き、気持ちいい」

裕司はハアハアと喘ぎつつ、上体を倒して湯に浮かぶ母の乳房にむしゃぶりつく。

「んぅっ……」

母がかすかな声を漏らし、ぶるっと震えた。

湯がぱちゃぱちゃと跳ねる中で、裕司は張りのある豊かな乳房を揉みしだきながら、ちゅぱっ、ちゅぱっ、と乳首をキツく吸い立てる。

「あんっ、あああッ」

母は即座に反応して、のけぞるようにしながらヨガり声を放った。裕司は見上げて母の顔を見つめる。

「乳首が硬くなったままだね。女の人って、何度でもイケるんでしょう？」

「やめて、恥ずかしいから。刺激があれば硬くなるのよ。ずっとエッチなこと考えているみたいに言わないで」

「やだな。怒らないでよ。あ、そうだ。久しぶりに背中を洗ってあげるから。小さい頃、ママの背中を……」

「けっこうです。どうせママの身体にエッチなイタズラする気でしょ」

「だって、可愛いんだもの。ママの感じた顔」

ニヤリと笑い、裕司は湯の中に右手を入れ、母の股の間にくぐらせる。

「あっ……だめっ」

母はビクッと震え、愛らしい顔を赤らめる。

こぶりな陰唇に指を入れると、お湯ではない、ぬらぬらしたものが指にまとわりついてくる。

「これも生理反応？」

裕司は母を抱きつつ、狭間《はざま》に沿って何度も指を走らせる。

「ああ……」

母の反応が差し迫ってきている。裕司の胸にしなだれかかってきて、ハアハアと熱い呼吸を繰り返す。

「感じやすいんだね、ママ」

裕司は指を使って花びらを左右にくつろがせ、さらに奥まで指をぬるっと入れる。

「くぅぅ！　んんっ」

母の全身が腕の中でビクッと震えた。

裕司はもっと追いつめたいと背を丸め、ねろねろと薄ピンク色の乳輪のまわりを舐めてやる。

「あっ……あっ……」

せりあがる愉悦をこらえんばかりに、母は喘ぐような吐息を漏らす。

その鼻にかかったような甘い音色が色っぽくて、さらに手に余るほどの乳房をむぎゅ、むぎゅと揉みしだく。

「ああんっ、いやらしい……裕くん、いやらしい」

母はうつろな目をして、首に筋ができるほど強く悶《もだ》える。

続けざま、裕司は母の揺れ弾むおっぱいをとらえ、指先でくにくにと乳首をあやしながら、もう片方の手で母の内部のざらついたところをこすりあげる。

すると、

「ああ、ゆ、許してっ……もう指はいやっ……」

母が湯船の中でしがみついてきて、湯がぱちゃぱちゃと跳ねる。

ドキッとした。

母が指以外のものを欲しがっている。

「それって……」

裕司が見つめる。母は切なそうに瞳を潤ませて見上げてくる。

「……裕くん、オチン×ンを私の中に入れたい？　私とひとつになりたい？」

頭が沸騰するような、いやらしい台詞が、清楚な美少女の口から発せられて裕司は慌てた。

「そ、それ、それはもちろん……」

鼻息荒く言うと、母はつらそうに目を伏せた。

しばらくぼんやりした目で湯面を見ていた。

葛藤しているのは間違いなかった。

「だめっ……やっぱり、それだけは……それだけはできないわ」

母親としては、許されざる相姦を肯定するわけにはいかないだろう。それはわかる。

それでも、母は揺れていた。

このままならいつかは……というあわい期待が、裕司の中に生まれている。母はため息をつく。

「その……だから、それ以外なら、どんなことでもしてあげるから……」

再び湯の中で勃起を握りしめられた。

湯の中で、ぬるっ、ぬるっと手指がすべる。

「あ、あ……ママ……」

吐息が漏れる。目の前がかすんでいく。腰に甘い痺《しび》れが走り、裕司は「くっ」と唇を嚙みしめてのけぞった。

「出そうなの？　私のオクチの中に出す？」

震えるような台詞に、心臓が跳ねあがった。

裕司は湯船からザバッと立ちあがり、わずかに屈《かが》んだ。

母は身体ごと裕司に近づいて、勃起を自分に近づける。湯面に大きなおっぱいがぽっかり浮かんだ。

（ああ……おっぱいすごい）

柔らかくて弾力のある極上の巨乳だ。そのとき裕司の脳裏に、このおっぱいを自分のものにしたいという邪《よこしま》な考えが浮かんだ。

「あの……パイズリしてもらっていい？　知っている？」

母が羞《は》じらいの相を浮かべて睨みつけてきた。パイズリを知っている反応だった。

「おっぱいでオチン×ン挟むんでしょ。知っているけど。嘘《うそ》でしょ、本気なの？そんなの恥ずかしくてできないわ」

半ば呆《あき》れるように言いつつも、母は両手で重たげな乳房をすくいあげて、裕司の屹立に乳房を押しつけつつ、谷間で挟み込んでくれた。

「あったまった柔らかいおっぱい、くうう、気持ちいい」

裕司は唸《うな》った。

感触も素晴らしいが、パイズリは見た目がすごかった。

見下ろせば自分の太幹が、ふっくらした乳肉の中に埋められていて、わずかにピンクの切っ先だけが顔を出している。

「ああん、やだもう……すごくいやらしいわ……このまま、動かせばいいの？」

母はちらちらと上目遣いに裕司を見つつ、双乳を横から両手で押さえながら、上体を上下させて男根をシゴいてきた。

「おお……おっぱいが、や、柔らかくこすれて、たまんないよ、ママ」

むにゅ、むにぅう、と胸の間で亀頭がこすられると勃起は熱く滾り、とろとろと噴きこぼしたガマン汁で乳肌を汚してしまう。

「ああん……」

母も次第にハアハアと息を弾ませて、上体を揺り動かし始めた。シゴき方がどんどん淫らになっていく。母も興奮している。ハアハアと艶めいた呼気で、上目遣いにとろんとした目で見つめてくる。

湯船の中での猥褻なパイズリは、のぼせそうなほどの心地《ここち》よさだった。ふたりともう汗まみれで、上気した顔で見つめ合う。

「気持ちいいの、これ？」

「うん。そのまま先を舐めて」

母が訊《き》いてくる。

「えっ……？」

裕司の言葉に、母の顔が紅潮する。

だが戸惑いつつも、母は少し背を丸め、おっぱいに挟んだまま飛び出た亀頭を舌でねろねろと舐めまわし始めた。

「おおお……き、気持ちよすぎ。ああ……」

裕司はたまらず情けない声を漏らした。

「あんっ、おっぱい熱い……ああん……」

少女らしくない色っぽい喘ぎをこぼしながらも、母はぬるん、ぬるん、と乳房で強く挟んで肉棒をシゴき立ててくる。

小さな風呂の湯が波立つ。汗が目に入ってきて裕司は額の汗をぬぐった。

母は自分のおっぱいをつかみ、ギュッといきり勃った分身を挟み込みながら、ゆっさゆっさと揺らしてくる。ちゃぷっ、ちゃぷっ、と湯の音が激しくなっていく。

「あ、あ、だめだ。くぅぅ、ママッ」

甘い痺れが広がっていく。

だが母は、おっぱいを揺らす手をとめず、こすりながら切なげな表情で見つめてくる。

「あん、おっぱい熱い……裕くんのオチン×ン、ふくらんでいる。ああん……」

色っぽい美少女の姿に、裕司の昂ぶりが一気にピークに達した。

「くうう、ダ、ダメ、出るっ」

「いいわよ、そのまま、おっぱいにかけてっ」

イタズラっぽい笑みをこぼした母が、おっぱいをギュッと中央に寄せてきて、まるで搾り立てるように肉竿《にくざお》を強くこすってくる。

「くうう、く、くっ」

目眩《めまい》がするほどの快感がせりあがってくる。爪先が震えた。

「くうぅぅ、ああ、で、出る」

「あん、ああん……あ、あ、いいのよ、かけて、白いのいっぱい……」

もうガマンできなかった。尿道から熱いものが一気に放出する。

「きゃっ」

白い樹液がマグマのように噴きあがり、母の頰とおっぱいと湯船に飛んだ。

「すごい量……裕くん、いっぱい出したのね。ほら、こんなに……」

両手を広げてみせると、手のひらにべっとりと白濁が垂れていて、乳房の尖端の薄ピンクもミルクをかけたようになった。

母はうっとりしながら、その精液まみれの指を口元に持っていき、ぱくりと咥《くわ》えた。

「おいしい……」

肌を上気させ、汗ばんだ母が恍惚《こうこつ》の表情で言う。そのあまりに妖艶な表情と台詞に裕司は息を吞んだ。

母がハッと顔をあげた。驚いた裕司と視線が交錯する。

「私……だめっ……裕くんのを舐めて、こんな、こんなことを言うなんて……」

美少女の顔が青ざめていた。

まるで楽しかった夢から覚めて、それが夢だとわかったときのような、哀《かな》しい表情だった。

「いいのに。そういうエロいママも好きだな」

裕司は軽口を叩いた。しかし母は深刻な顔を崩さなかった。

「やっぱり、こんなのダメッ……だめよっ……裕くんが好きだって、私がこんなことをしたら、だめっ……私はお母さんなの」

泣きじゃくりながら母が言う。裕司は何も言えなかった。

母は手で頬を拭うと、

「先に出るわね、ちょっとのぼせちゃった」

そう言うと、湯船を出て、シャワーを身体にかけてから足早に出て行ってしまった。

3

季節が春めいて、暖かくなってきた。

母との距離は、あれから離れたままだ。

(あんなに悩んでいるんだ。苦しませてはいけない……)

そう思って、もう以前のようにイチャつくことはやめてしまった。

母はいま、可南子の紹介でファミレスのウエイトレスをやり、遅い時間には居酒屋でも働くようになった。

ほとんど家にいなくなったのは、金のことよりも、息子である自分と近づきたくないんだろうなと思う。

母はファミレスや居酒屋で仕事を続けていて、たまにバイト仲間と飲みに行くこともあった。

おもしろくはないのだが、しかしとめる権利はなかった。

最近になってわかったことがある。

若返ってしまった少女の中身が、完全に母ではなかった、ということだ。

母の中には、微妙に少女の感覚が混在していた。

だから若い居酒屋のバイト連中に混じっていても、普通に合わせていられるのだ。

それを知ったのは、母がスマホで電話しているのを聞いたときだった。

「えー、うっそー」

とか言いながら、バイトの店長らしき人間の話をしていたのだが、それが相手に合わせている風ではなく、ごく自然な話し方で裕司は驚いた。

このまま、母は母でなくなっていくのではないか。

実の息子を好きになったという感覚も、薄れていくのではないか……。

心の中ではそれがいいと思っているのだが、しかしまだ裕司の中では整理がつかないでいる。

母が遅くなると冷静ではいられなくなるし、誰と話しているのか、誰と親しいのか気になって仕方がなかった。

母が遅くなってくるときなど、

「遅かったね、ママ。早くに帰るって言ってなかった?」

どうしても不機嫌な口調で言ってしまう。母はごめんね、と謝った。

「すぐご飯にするから」

裕司の前を通り過ぎる。プンとアルコールの匂いが漂った。

「お酒飲んでいるの?」

キッチンまでついていき、料理を始めた母の背中に言う。

「うん。ワインの試飲をして欲しいって言われたから。ちょっとだけよ」

包丁を取り出しながら、母が返事する。

「危ないんじゃない? そういうの」

「なによ、そういうのって」

母の手がとまった。口調が切り替わる。

「そういうのだよ。酔わせてほら、なんかへんなことしたりさ、店長が」

「やだもう」

母の手がまた動いた。女の子の小さい手で野菜が手際よく、細かく刻まれていく。

「そんなのあるわけないじゃないの」

母はまた手を動かした。

「あるよ。きっとナンパされたり……ううん、それだけでなく、スカートの中とか盗撮されたりしてるかも」

「よくそんなことを考えられるわね」

母が呆れた声を出した。

「心配なんだもん」

裕司の言葉に、母は振り向いた。

「わかってるわ。ねえ、テーブルで待っていて。すぐにつくるから」

最近の会話は、だいたいこんなものだった。

わかっている。

美少女でも、あれは母だ。

ふたりの気持ちが通じていたとしても、以前のような男女の関係に戻ってはいけない。

そんな風に悶々《もんもん》とした生活を送っているときだった。

裕司が夜、歯を磨こうと洗面所に入った。ちょうど磨《す》りガラスの向こうの浴室からシャワーの音が聞こえ、肌色が動いているのが目に入る。

（以前は、一緒に入っていたのにな……）

このまま襲ってしまいたくなる衝動にかられる。

だが、そんなことをしたら、母との仲は決定的に壊れてしまうだろう。気をもみながら磨りガラスを見つめていたときに、脱衣かごが目に入った。

着ていた服が綺麗《きれい》に畳まれていた。パジャマも用意されている。裕司は唾を呑み込んだ。

いつも気になっていた。だが、それをしたら惨めだとも思っていた。だがもうそのときは収まりがつかなかった。

磨りガラス越しに、母の様子をうかがう。

大丈夫だ。気付かれるわけはない。裕司は震える手で、そっと畳まれた服を持ちあげる。今まで母が身につけていた下着が隠されていた。

裕司は手を伸ばし、大きなブラジャーを手に取った。

色は地味なベージュで、カップの上部にひかえめにレースが施されている。サイズの大きなブラジャーは、あまり可愛いデザインがないと聞いたことがあるが、まさにそんな感じだ。

裕司は母の乳房を思い出した。あの魅惑的なふくらみをずっと押さえつけていた布を手にとって、興奮が隠せなくなる。裕司はカップの内側に鼻を寄せる。

（ああ……甘い匂い……）

ブラジャーのカップは甘酸っぱい体臭の混じった、若い女の匂いがした。裕司はブラジャーを戻してから、今度はパンティに手を伸ばす。

ブラと対になっている同じ色で、やはり地味なデザインだった。ハアハアと息をこぼしながら両手で広げ、内側を覗き込む。

ベージュのコットン生地で裁縫されたクロッチ部分には、ほんのうっすらとだけ縦長の筋が染みついている。

たまらなかった。裕司は夢中になって鼻先を近づける。

（ママの、おま×この匂い……）

わざと卑猥な表現を頭に思い浮かべつつ、嗅いだ。体臭に混じって、獣じみた生々しい臭いがツンとした。母をイタズラしたときの愛液の臭味だ。嗅ぐとどうしても胸がざわめき、股間がギチギチと痛くなるほどふくらんでいく。

そのときだった。

脱衣かごの下から、ブー、ブーとスマホのバイブ音がした。

裕司は慌てて下着を戻す。スマホの表示窓を見れば着信だった。その番号を見て、裕司の息は一瞬とまった。

電話が透の番号だったのだ。

(は? ど、どうして透が母さんの電話に?)

なぜ、という言葉がぐるぐると頭の中でまわっている。裕司は思い切って母のスマホをこっそり持ち出し、脱衣場から出て玄関先で電話に出た。

「もしもし」

裕司が小声で話すと、透が息を呑んだのがわかった。

「……あれ、裕司か? なんでおまえが綾ちゃんの電話に出るんだよ」

不機嫌そうに透が返してきた。

「それはこっちの台詞だよ。なんで綾に電話してんだよ」

「番号教えてもらったからにきまっているだろう? 綾ちゃんは?」

言われて、裕司は言葉につまった。

母さんから教えてもらった?

どうして……? 意味がわからなくて、疑問がぐるぐると頭の中をまわっている。

「綾はいま、風呂だけど」

「じゃあ、あとでかけるわ。というか、綾ちゃんの電話におまえが出ていいのかよ。おまえホントに綾ちゃんとなんもないよな」

ある、と言い返したかった。だけどそれは言えなかった。

電話を切って、裕司は動揺した。

母と透が裕司の知らないところで連絡をとっている。しかもあの口ぶりだと、何度も電話している感じだった。

スマホを持ったまま洗面所のドアを開けてギョッとした。

母がバスタオルを巻いた格好で、裕司を睨んでいた。いつもの天真爛漫《てんしんらんまん》な美少女の顔が、怒りに満ちている。

「なんで私の電話を持っていくの？　どういうつもり」

「番号見たら、透だったからだよ。なんで透が母さんに電話しているんだよ」

責めると、母はわずかに苦しげな顔をした。

「私のアルバイト先の子が、透くんの知り合いだったの。それで私のところに何度もやってきて、番号だけでも教えて欲しいって言うから。ちょっと可哀想《かわいそう》になっただけよ」

「だったらそう言えばいいのに」

「別に隠しているつもりなんかなかったわよ。ただ、あなたと透くんの仲がギクシャクしそうだったから。でもたしかに言えばよかったかもね」

母は拗《す》ねるように言った。

「透になんて言われたのさ。つき合ってとか？」

「言えないわ。彼のプライベートにも関わるでしょ。あなたが透くんに聞けばいいじゃない」

裕司はカッとなった。

「絶対あいつ、母さんのこと狙ってる。もう電話しないでよ」

「どうしてそんなこと言うの？　彼は彼なりに一途《いちず》なんでしょう？」

「僕がいるのに、そんなことしないでよ」

母は吐息をひとつ、ついた。それから上目遣いに厳しい目でこちらを見た。

「はっきり言っておくわ。もうやめて。母と子に戻って」

「じゃあ、どうして、あんなことしたんだよ！」

裕司は怒鳴った。母は哀しそうな顔をした。

「それは……謝るわ。私がどうかしてたの。こんなこと続けたら、ふたりともだめになる。物事には潮時というものがあるの。お願い」

「僕の彼女は母さんだよ」

そう言うと、母は苦渋を顔に浮かべた。

「やっぱりそんなのおかしいわよ。私たち、血の繋《つな》がった親子なのよ。二十歳なんだけど、中身は四十二歳のおばさんなのよ。へんよ。もうやめて……」

母は裕司の手からスマホを奪うと、そのまま浴室のドアを閉めて、鍵をかけてしまった。

4

透との電話でもめた次の日から、母は透のことはおろか、バイトのことを一切話さなくなった。

それ以外のことは普通に会話するのだが、どうにもぎこちない雰囲気だった。

何度か母のバイト先の居酒屋に行きかけたが、結局怖くて行けなかった。

そこでひとりの美少女としてチヤホヤされ、透とイチャイチャなんかしていたら絶望してしまうだろう。

母は綾として生きていきたいと願っているのかもしれない。

その苦悩もよくわかる。

だけど……そんな簡単にはあきらめられない。

虚《むな》しさがどんよりとした雲のように、胸の中に広がっていく。もうどこにもいけない袋小路みたいだった。

そんな中、母の誕生日が明日に近づいてきていた。

本当なら四十三歳の誕生日である。

その話をすると、少女は大声で笑った。

「私、いくつになるのかしらね。二十一歳でいいのかしら？」

うーん、と唸るその仕草が、アイドルみたいで本当に可愛らしかった。若返ってしまった当初よりも、その美少女ぶりが自然で板についてきている。

「なにか欲しいものある？」

裕司が聞くと、母はぽんとわざとらしく手を打った。

「手料理。裕くんの手料理がいいな。豪華なディナーをよろしくね」

母がニコッと笑った。ドキッとした。

しかし、次の瞬間に裕司の表情は凍りついた。

「明日なんだけど、昼間はちょっとバイトの子たちに会ってくるね。お祝いでご飯おごってくれるって」

「え？　そうなんだ」

「そうよ。一時に待ち合わせ」

「どこ？」

「新宿《しんじゅく》」

「ふーん」

裕司は顔に出さないように、必死に自分を押しとどめた。

なにやら母の様子に不穏なものを感じたからだった。

ホントは透と会うんじゃないの？

そんな言葉が喉まで出かかった。だけど、なんとかそれをこらえきった。

それでもその夜はなかなか眠れなかった。

もし本当に透と母が会うことになっていたら？

母が自分を裏切って、透に抱かれたら？

そんなことあるわけないと思うのに、悪い予感がしてしょうがない。

なかなか寝られずに、それでも朝方にまどろみがやってきて、起きたのは十二時近くなっていた。

すでに母は出かける格好をしていた。

赤いタートルニットに白のフレアミニ、その下に黒いタイツを穿《は》いている。

ムチムチの綺麗な太ももが露《あら》わになっていて、ニットは身体にぴったりして、胸の形や腰まわりの女らしいくびれが丸わかりだ。

そしていつもの大きな双眸には、くっきりとアイラインが引かれ、愛らしい唇はグロスリップで艶々している。

「いつまで寝てるのよ。ちゃんとディナーの用意をしてね。じゃあ行ってくるから」

手のひらをひらひらさせ、母がにっこり微笑《ほほえ》む。

行かないで。

そう言いたかった。

そのまま抱きしめたかった。だけど自制した。

母が行ってしまってから、裕司は用意してくれた昼食を食べて、夕食の支度にとりかかった。母はシチューが好きなので、それをつくろうと思った。

スマホをキッチンに置いて、レシピ動画を見ながら人参《にんじん》の皮を剝《む》く。

母とキッチンでイチャイチャしていたことを思い出した。

背後から抱きしめ、キスをした。

最初は嫌がっていた母も、次第にとろけてきて自分から舌を差しだしてきた。

うっとりしたような表情がなんとも悩ましかった。

温泉旅行では、同級生たちにバレないように、布団に潜り込んできて、フェラチオしてくれた。

エッチなことばかりじゃない。

笑った顔がたまらなく可愛らしかった。

怒った顔も、困った顔も好きだった。

（やっぱり好きだ……好きなものは好きだ）

裕司はスマホの時計に目をやった。十二時三十分。

母は本当にバイトの人間と会っているんだろうか。不安で押しつぶされそうになり、透に電話をかけた。

出なかった。

不吉な思いが、裕司の中で渦を巻いている。

同級生たちに片っ端から電話をかけた。みな透が今日なにをするか知らなかったが、ひとりだけ「デートとか言ってたな。相手は知らないけど」と言う人間がいた。

やっぱり会っているんじゃないか？

不安が増す。いてもたってもいられなくなり、裕司はわらにもすがる思いで美里に電話をかけた。透は美里と仲がいいからだ。

何度かコールが続く。出てくれと祈っていた。六回目のコールで電話に出た。

「……なにかしら。珍しいわね、キミから電話してくるなんて」

冷たい声だった。当たり前だ。一応、自分がフッた相手である。

「透のことです。あいつ、今日だれかと会うって言ってませんでした？」

沈黙があった。

しばらくして、ハアとため息が聞こえた。

「言いたくないし、口止めされてるけど、ちょっと透の様子がへんだったからやっぱり言っとくわ。あの子よ、綾っていう子」

やっぱりか。裕司の中でまた不安が大きくなる。

美里が続ける。

「今日無理にでもキメるとか、アブないこと言ってたわよ、透」

「よかった、訊いて。で、あいつはどこに？」

美里から聞いた場所は新宿のホテルのレストランだった。

裕司は急いで着替えて、新宿に向かった。


新宿には三十分で着いて、すぐにそのホテルに向かった。ホテルは駅前だからあっという間だ。エレベーターで最上階へ行くと、そのレストランはエレベーターを出てすぐのところにあった。

「……あっ！」

言葉を発したのは、裕司の方だった。

裕司の方から、透の背中が見えた。その奥に母の顔が合った。

先に裕司を捉えたのは母の方だった。その視線の先を見て、透が肩越しにこちらを振り返った。

「げっ！　なんでおまえが来るんだよ」

透が目を丸くする。

「……わるいな、綾と帰るから」

裕司が言う。

「はあ？」

透が色めき立った。

「なにを言っている？　関係ないだろ」

透が強い口調で言う。裕司は思いきって口を開いた。

「これは綾じゃない。母さんだ」

透が難しい顔をした。母は目を大きく見開いて、こちらを見ていた。

「なにを馬鹿な……」

裕司は母の手を取る。そのまま引っ張って店を出た。母はまったく抵抗しなかった。透もついてこなかった。

ふたりでエレベーターに乗る。母が言った。

「なんで言ったの？　たいへんなことになるじゃないの」

「うん。わかっている。でも言いたかった」

「……」

母は黙っていた。

エレベーターが一階についた。新宿の雑踏を歩きながら母が言う。

「透くんのこと、私も悪かったのよ。思いつめていたから、一度だけなら会うって言っちゃった。それだけ」

「知っているよ。わかってる」

裕司は言って、それからふたりで黙り込んだ。

ふたりの空気が冷ややかさを増していくようだった。人混みの多い雑踏の中なのに、ふたりだけしかいないようだ。それでいて距離は離れている。

裕司は若返る前の母のことを思い出していた。

まるで子供のようによく笑い、甘えて、よくしゃべって明るくて。

四十二歳だけど可愛らしくて……。

ついでにおっぱいが大きくて。

だけど素直になれなかった。自分の中で母を拒絶していた。

いま、それがよくわかった。

四十二歳の母の頃から、自分は母が大好きだったのだ。

電車に乗り、自宅に戻るまでの間、母はずっと虚《うつ》ろな表情をしていた。

一体何を考えているんだろう。

まだ実の息子が恋愛感情を持っていることを、嫌悪しているのだろうか。しているだろうな。

家に入ると、彼女は重い足取りで廊下を歩いた。寝室に籠もるのだろうかと思っていたら、足をとめてリビングに入っていった。

「いい匂いがする」

母はキッチンに行って、シチューの入った鍋の蓋を開けた。

「あら、美味《おい》しそう。裕くん、がんばったのね」

そう言って、満面の笑みを見せてくれた。可愛かった。もうその笑顔だけで十分だ。苦しませたくなかった。

「あのさ」

裕司は苦笑気味に続ける。

「あのさ……すぐには無理だけど……大丈夫だから、母さんのこと好きなの、もうやめるから」

「え……？」

母である女の子は、困惑したような表情を浮かべて、キッチンから裕司のいるリビングに来た。

泣きそうだった。鼻の奥がツーンとする。

でも泣かないで続けた。

「これからは、そういう恋愛感情はもたないから、だから……いいんだよ、好きなように恋愛しても。ホントごめん」

目頭が熱くなってきた。

アホか、と思った。ひとりで勝手に盛りあがっているんだ。

母はきっと「実の息子が何を言ってるんだ」とか、思っているに違いない。

裕司は大きなため息をついて、部屋に行こうとした。

そのときだった。

母がぽつり言った。

「やめないで、いいわよ」

振り向けば、母がうつむいている。少女の顔が真っ赤になっている。

ん？　なんだこれは……？

裕司が驚いていると、母は顔を上げた。

「だ、だから……その……私を好きなの、そのままでいいから」

「え？」

裕司が怪訝《けげん》な顔をする。母は思いつめたような顔をして続ける。

「違うの……あなたに好きと言われて……その……あんな風にエッチなことしてから、もうずっとあなたのことで頭がいっぱいで、おかしくなっちゃって、そんなの異常でしょ。だから、ずっと目を逸《そ》らして……でも、無理なの、もうごまかせないの。私はお母さんに戻れないの」

まずい。

裕司は思った。

母のことが可愛すぎて、おかしくなりそうだった。感情がコントロールできなかった。

気がつけば小柄な母を抱擁していた。

母は上目遣いに、その大きな双眸を向けてきていた。

少女の瞳が妖しく潤んでいた。美少女の中に、四十三歳の大人の色気がにじんでいる。

「母さん……ママ」

両手が伸びてきて、ギュッと抱きしめられる。

ニット越しに乳房のふくらみが押しつけられて、少女の肌の甘い匂いにふんわりと包みこまれる。

裕司は積極的に母の唇を奪っていた。

「ンンッ……ンフッ……」

母はもう逃げなかった。

裕司の首に手をまわして、情熱的に唇を重ねてくる。

舌を伸ばして彼女の口腔《こうこう》内をまさぐった。

母も舌を差し出してきて、ねちゃねちゃと舌がとろけ合うようなディープキスに酔いしれる。

身体から欲望がうねりのように湧きあがってくる。

抱き合いつつ、母の寝室に行った。

薄暗い中、戸惑うような少女をベッドに押し倒し、震える手でニットをめくりあげた。

母も手を伸ばして、裕司のトレーナーを脱がしてくる。こんなに積極的な母を見たことがなかった。本当に欲しがっているのだ。もう何も考えずに、母を抱きたかった。

裕司はトレーナーとTシャツを脱ぎ、ズボンを爪先から抜き取りボクサーショーツ一枚になる。

下着の中心が大きく盛りあがっている。しかし、もう母に見られても恥ずかしくはなかった。自分から下着を脱いだ。肉竿が唸るように飛び出した。

これほどまでに母を欲しているのだと見せつけると、母も美貌を赤らめつつ、ねっとりとした視線で見つめてくる。

裕司は母のニットを脱がすと、震える手で黒タイツとスカートも取り去った。そして、純白のブラジャーとパンティも脱がして、ついに一糸まとわぬ姿にさせる。

何度見ても神々しいほどの造形美だった。

張りの強い豊かな乳房に、透き通るような小さな薄ピンクの乳首。おっぱいは大きいのに腰はほっそりくびれている。しかし、そこからヒップへの稜線《りょうせん》は、意外なほどボリュームがあり、細身ではあるものの、しっかりと成熟した大人の女性であることを誇示していた。

「いやっ。そんなにじろじろ見ないで」

母が恥じらい身体をよじらせる。可愛らしい顔が羞恥に歪むのは、男の獣欲をそそり立たせる。

さらさらとしたボブヘアが散って、ふんわりと甘い匂いがただよってくる。裕司はその匂いで鼻孔を満たし、再び抱き合って舌をからませてキスをする。

肌と肌をこすりつけてからめ合い、ねちゃ、ねちゃ、と湿った音を寝室に響かせながら、甘い唾液を啜《すす》り合い、こくりと呑み込み、こちらからも注ぎ込む。

「んぐっ……裕くん」

キスをしながら、真っ直ぐに見つめてくる。

「母さん、ママ……」

裕司はなめらかな背中に手をまわし、そっと撫でつける。

屹立が母の下腹部に密着している。覆い被《かぶ》さりながら、わざと腰を押しつけると、彼女の臍《へそ》の下の柔らかな部分に、先走りの汁で濡れきった肉棒の先が、ぬるっ、と滑った。

「あンッ……」

母は小さな声を漏らし顎をせりあげる。

息子の分身が性器の近くを這いずっても母は抵抗しなかった。抵抗どころか薄暗闇の中でも、目の下をねっとりと赤らめているのがわかる。

(欲しがっている……)

遠慮も気遣いもいらなかった。

裕司は手のひらを大きく開いて、揺れ弾む肉丘を揉みしだいた。ムギュッ、ムギュッ、とひしゃげるほど揉みこんで、指先で乳首を転がした。

「あっ……あっ……」

母の口から、切れ切れの甘い吐息がこぼれ出る。

小さな突起がもっと硬くなってくる。

透き通るようなピンクの乳首を吸えば、母は、

「ううっ……んぅぅ……」

と悩ましい声を漏らして、腰をよじらせる。

下腹部が動いたことで切っ先が母の陰毛の奥に当たった。軽く触れただけで、そこがもうひどく濡れているのがわかった。

裕司は嬉しくなって母の顔を見つめる。眉根を寄せて、泣きそうになっているのがぼんやりと見える。

「とろとろだね……」

恥ずかしがらせようと、今の母の状態を口にすれば、案の定、淫語に慣れていない母はあわあわと狼狽えた。

「ち、違う、違うのよ」

「違わないでしょ」

「やだ、追いつめないで。恥ずかしい……ん、んぅぅ！」

油断していた母の潤みの中に、いきなり指を入れた。母は驚いてまん丸の目をさらに見開き、弓なりに身体を反らせたまま、きりきりと全身を震わせる。

「そんな……あんっ、い、いじわる」

母はハアハアと荒い呼吸をして、すがるような目で見つめてくる。早くも汗ばんだ、いやらしい匂いが母の身体から立ちのぼる。

裕司は膣孔に挿入した指をさらに奥まで差し入れる。

母の中は糸を引くのではないかと思うほど、ねばっこくぬかるんでいて、ジクジクと熱く胎動している。

さらに指をゆっくりと動かせば、肉の襞《ひだ》が奥へ奥へと引きずり込むようにキュッと食いしめて、さらなるとろみを、しとどにあふれさせていく。

「くぅぅ……そ、そこ……だめっ……あん」

母がくぐもった声を漏らす。高揚と歓喜が母の表情からあふれている。

もうだめだった。

一刻も早く繋がりたくなった。

「ママ……もう……」

切実な思いを伝えながら見つめた。

母は小さく頷く。

思いきって女の子の母をM字開脚させ、切っ先をぬらついたワレ目に向ける。

しかし、そこで葛藤が生じた。

（実の息子と母親が、まごうかたなき相姦を……）

いや、相手は自分と同い年の女の子だ。そう思っても、中身は母なのは間違いなかった。

そのときだ。

すっと母の手が伸びてきて、裕司の屹立を握り、そのまま己の膣口に導いた。

「いいわ、きて……きっと、私がこんな姿になったのは、息子を好きになることを神様が許してくれたのよ」

少女はじっと裕司を見ている。

もう迷わない。

「ママを僕のものにする。いいよね」

母は目をつむり、こくっと頷いた。グッと狭穴に亀頭を押し込んだ。

すぐに温かな蜜壺が、優しくペニスを包み込んできた。

「ああ……くぅうう」

少女がクンッ、と顔を跳ねあげた。

それを見つめながら息をつめて腰を押し込むと、ぬぷーっ、と、一気に根元近くまで嵌《は》まり込んでいく。

「あんっ！　お、奥までっ……いやあ」

深い結合にびっくりしたのか、母が顔をそむける。

しかし、そのままでいると、ハアハアと息を乱しつつも、ようやく母は目を合わせてくれて、うっすらと微笑んだ。

「いけない母親ね……実の息子とひとつになって……身体がジンジンと痺れている。裕くんのが奥に当たっているのがわかって嬉しくなるの……」

潤んだ瞳で見つめてくる。

「ほんとだね。ママの中が嬉しそうに吸いついてくるよ。オチン×ン好きって感じで」

「そんなことしてないわ。やだ、はしたないこと言わないで、あンッ！」

裕司が躊躇《ちゅうちょ》なく抜き差しを開始した。母の膣肉を肉エラがこすっている。

（ああ……とうとう……ママとひとつになれたんだ）

感極まって、どうにかなりそうだった。

すぐにでも射精したくなるのをこらえ、裕司は腰を動かした。

「ん……ンンンッ……」

母の美貌がつらそうに歪み、華奢な肢体がぶるぶると震えた。

「これ、好き？」

裕司が動かしながら、母に言う。

気持ちよすぎて、気を許せば射精してしまいそうだ。だけど、その前に母のもっと淫らな顔を見たかった。

「ねえ？　好き」

裕司は上体を少し立て、角度を変えて突き入れる。

「くぅう……あああんっ」

すると母が色っぽい吐息をこぼし、潤んだ双眸で見つめてくる。

女の子の母が追いつめられている。

「す、好きっ……好きだから……裕くんのオチン×ン好きだから……だから、あんっ、だめっ、もっとゆっくり……お願い」

母に言わせたことで猛烈に昂ぶった。

裕司は揺れるおっぱいを揉みしだきながら、言われたとおりに、ゆったり腰で穿《うが》つと、

「ああっ、あああんっ……はぁぁぁ………」

母は感じいった声を漏らし、じりじりと腰を動かし始める。

(ああ、感じてくれている……)

「……ママ……」

ハアハアと喘ぎながら見つめれば、汗まみれになった美貌が、うっすらと笑みを漏らして見つめ返してくる。

「裕くん……だ、抱いて……」

双眸を潤ませて訴えかけてくる。

前屈みになって、背中に手をまわし、ギュッと美母を抱きしめる。つながりながら女の子の母は唇を近づけてくる。

裕司も顔を近づけキスをする。

「ンンッ……んふぅ……んんぅ……」

鼻奥で悶えながら、もうガマンしきれないとばかりに、母の方から舌をからま

せてくる。

いよいよ母が欲情してきたのは明らかだった。

キスをほどいて見れば、母の潤みきった瞳に情欲の色が浮かんでいた。

そのすがるような目がたまらなく色っぽくて、男心をくすぐってくる。

「いいわ……めちゃめちゃにして欲しい……裕くんが欲しい」

「いいんだね。いくよ……ママ」

ぎゅう、と抱きしめながら、裕司はグイグイと突き入れた。

「くぅぅ……ああんっ、ああっ……ああっ……いい、ああん、裕くんッ」

「ああ、ママ……くぅぅ」

もっと激しくしたくなって、片膝を立ててがむしゃらに突き入れる。

パンッ、パンッ、と、打擲音《ちょうちゃくおん》を響かせて、正常位でしたたかに打ち込めば、
ぐちゅ、ぐちゅ、と卑猥な音が響き、結合部が愛液まみれになっていく。

「くおお……」

渾身《こんしん》の力を込めて屹立を叩き込む。

あっという間に射精欲がこみあげてきていた。

熱いうねりを身体の奥に感じながらも、リズミカルに打ち込むと母は、

「はああんっ……私、私、もう……もう……ああんっ、もうだめッ」

淫らに乱れて、歪んだ美貌で高らかに叫んだ。

（ま、まずい……）

膣奥がキュウッと食いしめてくる。

今にも射精しそうだ。

「くうっ……ママ……出そう」

慌てて訴えるも、母は狼狽えなかった。

「い、いいわ。今は大丈夫なときだから……だめなママかもしれないけど、最初はどうしても、裕くんのが欲しいの」

不貞をはたらいているのはわかっている。

しかし、ふたりとも、その甘美なる禁忌には抗《あらが》えなかった。

「い、いくよ……ママッ……」

安心しきった裕司は反動をつけて一気に押し込んだ。

それがまるで性感のツボだったように、母は顔を大きくせりあげて、

「あん……ああんっ、イクッ……イクッ……ああんっ……ゃぁぁあああッ！」

一気に昇りつめ、下腹をぐいんぐいんとうねらせて、しがみついてきた。

同時に膣がギュンッと締まった。もうこらえきれなかった。

「ぐぅぅ……で、出るッ……」

ずっと積もった思いが爆発したように、精液が熱くしぶいた。

おびただしい量の精液をドクドクと吐き出し、注ぎ込んだ。

なんて気持ちいいんだ……。

足先が震えて魂が吸いあげられていきそうだ。脳天がぐずぐずして何も考えられなくなる。

母を見れば、目頭に涙がにじんでいた。

やがてその涙が頬を伝うと同時に、裕司の身体をギュッと抱きしめてくるのだった。

5

「何見ているのよ。どうしたの？」

朝、キッチンに立っていると、裕くんが起きてきて、あくびしながら言った。

「好きだよ、ママ」

衒《てら》いもなくそんなことを言う従兄《いとこ》を、綾はほんわかとした気持ちで受けとめた。

「やだもう、朝から……」

綾は照れつつ、叔母から習った直伝のオムライスを仕上げている。


昨晩、ずっと好きだった裕くんに抱かれた。

亡くなった叔母さんには申し訳ないけれど、私は幸せだった。

叔母の綾乃さんが朝、ベッドで冷たくなっていたとき、それを見た従兄の裕くんはひどく取り乱して、気を失ってしまった。

叔母さんは心不全だった。

このままでは裕くんが精神的におかしくなりそうだと、私の母や父、おじいちゃんとおばあちゃん、そして医師が話し合った。

そこで私に白羽の矢が立った。

叔母さんの若い頃に瓜ふたつの、従妹である私。

裕くんが意識混濁の中、私を見て「ママ」と言ったことで、医師は「若返ったことにしよう」という、突拍子もないことを言い出した。

死んだことよりも若返った方が、彼の心の負担を減らせるかも、という理由からである。

私の父と母は葛藤した。

なぜなら……。

私と従兄の裕くんとは、人には絶対に言えない秘密があったからだ。

とても小さい頃、私は同い年の裕くんとよく遊んでいた。

大好きだった。裕くんと結婚するとまで息巻いていたらしい。

だがそこで、私たちはイケナイ過ちを犯してしまった。早熟だった私が、男女の関係の真似事をしたのである。

服を脱がせ、キスをして、そして……。

しかしそこで父に見つかり、裕くんはひどく殴られて、それがもとで私の記憶が欠如してしまったのだ。

「解離性健忘」、それが彼の病気の名前だった。大きなショックやストレスのかかることから精神を守るため、ショックを受けた記憶をなくしてしまうのだという。

そして私と彼は二度と逢うことなく、二十歳になった。

だから父や母は、裕くんの前に私が綾乃さんとして現れることに、反対したのだった。

そもそも私が叔母さんになりきれるのか？

そこはそれほどの問題ではなかった。

叔母さんは私のことを心配して、ひとりでよく訪ねてきてくれたからだ。

私も叔母さんが大好きだったからオムライスを一緒に作ったし、ひととおりの喋り方のクセなどはわかるつもりだった。

一番の問題は大学だった。

裕くんが倒れてから二週間が経過していた。裕くんは大学に友達もいない「オタク」気質だと叔母さんからは聞いていたので、授業の遅れについていけるか大きな賭けだったが、そのまま通うことにした。

最終的には透くんが「あいつがおかしい」と言い出したので、二人きりで会って、彼の健忘症という病気のことだけは告げたのだが、とにかく誰にも綾乃さんの死は話さなかった。

なりすましの日が始まった。

実のところ、私は徐々にフェードアウトして、少しずつ綾乃さんの死を裕くんに受け入れてもらおうと考えていた。

だがそこにひとつの誤算があった。

裕くんが若返った母親役である私に、恋心を抱いたのだ。

何度も葛藤した。

でも、最終的に真っ直ぐな彼の愛を受け入れてしまった。

いけないことだとわかっている。

だけど、私はどうしても逃れられなかった。

なぜかって？

「綾乃」という彼の母の姿であれば、彼の心を壊さずに恋愛ができるのだ。

もう絶対に無理だと諦めていた、裕くんとの恋愛が……。

もう一度……。


「ねえ、ママ。今日は早く帰れるんでしょう？」

裕くんが幸せそうに笑顔で訊いてくる。

「ええ。そうよ。ねえ、裕くん。またシチューつくってよ」

「えー。あれは特別な日だけじゃないの？」

裕くんが唇をとがらす。

「いいじゃない。今日は特別な日ってことで」

「今日が？」

裕くんが首をかしげる。

だって、私、決めたんだもの。

一生、あなたのママになるって……あなたが気づくその時まで……今日は、その記念日なんだから。

本書は書下ろしです。

本作品はフィクションであり、登場する人物、団体、組織その他は実在のものと一切関係ありません。（編集部）

実業之日本社文庫　好評既刊

草凪優
堕落男《だらくもの》
不幸のどん底で男は、惚れた女たちに会いに行く――。堕落男が追い求める本物の恋。超人気官能作家が描くセンチメンタル・エロス！（解説・池上冬樹）
く61

草凪優
悪い女
「セックスは最高だが、性格は最低」。不倫、略奪愛、修羅場を愛する女は、やがてトラブルに巻き込まれて――。究極の愛、セックスとは!?（解説・池上冬樹）
く62

草凪優
愚妻
専業主夫とデザイン会社社長の妻。幸せな新婚生活のはずが…。浮気現場の目撃、復讐、壮絶な過去、ひりひりする修羅場の連続。迎える衝撃の結末とは!?
く63

草凪優
欲望狂い咲きストリート
寂れたシャッター商店街が、やくざのたくらみによりピンサロ通りに変わった…。欲と色におぼれる不器用な男と女。センチメンタル人情官能！　著者新境地!!
く64

草凪優
地獄のセックスギャング
悪党どもは地獄へ堕とす！　金を奪って女と逃げろ!!ハイヒールで玉を潰す女性刑事、バスジャックを仕掛ける極道が暗躍。一気読みセックス・バイオレンス！
く65

実業之日本社文庫　好評既刊

睦月影郎
時を駆ける処女
過去も未来も、美女だらけ！　江戸の武家娘、幕末の後家、明治の令嬢、戦時中の女学生と、濃密なめくるめく時間を……。渾身の著書５００冊突破記念作品。

む２４

睦月影郎
性春時代
目覚めると、六十歳の男は二十代の頃の自分に戻っていた。アパート隣室の微熱ＯＬ、初体験を果たせなかった恋人と……。心と身体がキュンとなる青春官能！

む２６

睦月影郎
ママは元アイドル
幼顔で巨乳、元歌手の相原奈緒子は永遠のアイドルだ。大学職員の僕は、35歳の素人童貞。ある日突然、美少女が僕の部屋にやって来て…。新感覚アイドル官能！

む２７

睦月影郎
湘南の妻たちへ
最後の夏休みは美しすぎる人妻と！　純粋無垢な童貞君が、湘南の豪邸でバイトをすることに。そこにはセレブな人妻たちとの夢のような日々が待っていた。

む２９

睦月影郎
美女アスリート淫ら合宿
童貞の藤夫は、女子大新体操部の合宿に雑用係として参加する。美熟女コーチ、４人の美女部員、賄い係の巨乳主婦との夢のような日々が待っていた！

む２11

実業之日本社文庫 さ71

ある日《ひ》、お母《かあ》さんが美少女《びしょうじょ》に

2020年4月15日　初版第1刷発行

著　者　桜井真琴《さくらいまこと》

発行者　岩野裕一
発行所　株式会社実業之日本社
〒107-0062　東京都港区南青山5-4-30
CoSTUME NATIONAL Aoyama Complex 2F
電話［編集］03(6809)0473［販売］03(6809)0495
ホームページ　https://www.j-n.co.jp/
DTP　ラッシュ
印刷所　大日本印刷株式会社
製本所　大日本印刷株式会社

フォーマットデザイン　鈴木正道（Suzuki Design）

ISBN978-4-408-55583-6（第二文芸）